उषा प्रियम्वदा

हिन्दी और अंग्रेज़ी, दोनों ही भाषाओं में समान रूप से दक्ष उषा प्रियम्वदा ने साहित्य-सृजन के लिए हिन्दी तथा समीक्षा, अनुवाद व अन्य बौद्धिक कार्यों के लिए अंग्रेज़ी का चयन किया।

इलाहाबाद विश्वविद्यालय से अंग्रेज़ी साहित्य में पीएच.डी. करने के बाद आपने इंडियाना यूनिवर्सिटी, ब्लूमिंगटन, अमेरिका में तुलनात्मक साहित्य में दो वर्ष पोस्ट-डॉक्टरल अध्ययन शोध किया। अध्यापन के प्रथम तीन वर्ष दिल्ली के लेडी श्रीराम कॉलेज, तदुपरान्त इलाहाबाद विश्वविद्यालय में दो वर्ष बिताने के बाद, विस्कांसिन विश्वविद्यालय, मेडिसन के दक्षिण एशियाई विभाग में प्रोफ़ेसर रहीं।

प्रकाशित प्रमुख कृतियाँ : उपन्यास : पचपन खम्भे लाल दीवारें (1961), रुकोगी नहीं राधिका (1966), शेष यात्रा (1984), अन्तर्वंशी (2000), भया कबीर उदास (2007), नदी (2013), अल्प विराम (2019)। कहानी-संग्रह : फिर बसन्त आया (1961), ज़िन्दगी और गुलाब के फूल (1961), एक कोई दूसरा (1966), कितना बड़ा झूठ, मेरी प्रिय कहानियाँ, शून्य एवं अन्य रचनाएँ (1997), सम्पूर्ण कहानियाँ (2006) तथा प्रतिनिधि कहानियाँ (2018)।

भारतीय साहित्य, लोककथाओं एवं मध्यकालीन भक्ति-काव्य पर आपने अनेक लेख लिखे हैं जो अंग्रेज़ी में समय-समय पर प्रकाशित हुए। मीराँबाई और सूरदास के अंग्रेज़ी अनुवाद साहित्य अकादेमी, नई दिल्ली ने पुस्तक रूप में प्रकाशित किए। आपने अनेक आधुनिक हिन्दी कहानियों के अनुवाद भी किए हैं। इंडियन स्टडीज विभाग से संलग्न रहते हुए 1977 में आपको 'फुल प्रोफ़ेसर ऑफ़ इंडियन लिट्रेचर' का पद मिला।

'पद्मभूषण डॉ. मोटूरि सत्यनारायण' आदि पुरस्कारों से सम्मानित उषा प्रियम्वदा 2002 में अवकाश लेकर अब पूरा समय लेखन, अध्ययन और बाग़वानी में बिता रही हैं।

रुकोगी नहीं राधिका

उषा प्रियम्वदा

राजकमल पेपरबैक्स

पहला पुस्तकालय संस्करण
राजकमल प्रकाशन, प्राइवेट लिमिटेड द्वारा
1968 में प्रकाशित

राजकमल पेपरबैक्स में
पहला संस्करण : 1984
पन्द्रहवाँ संस्करण : 2025

राजकमल पेपरबैक्स : उत्कृष्ट साहित्य के जनसुलभ संस्करण

राजकमल प्रकाशन प्रा.लि.
1-बी, नेताजी सुभाष मार्ग, दरियागंज
नई दिल्ली-110 002
द्वारा प्रकाशित

शाखाएँ : अशोक राजपथ, साइंस कॉलेज के सामने, पटना-800 006
पहली मंजिल, दरबारी बिल्डिंग, महात्मा गांधी मार्ग, प्रयागराज-211 001

वेबसाइट : www.rajkamalprakashan.com
ई-मेल : info@rajkamalprakashan.com

बी.के. ऑफसेट
नवीन शाहदरा, दिल्ली-110 032
द्वारा मुद्रित

मूल्य : ₹ 199

RUKOGI NAHIN RADHIKA
Novel by Usha Priyamvada

ISBN : 978-81-267-0257-2

रुकोगी नहीं राधिका

कुछ भी नहीं बदला। सबकुछ वैसा ही जैसा कि सदा से था, जैसा कि राधिका ने जाना और बार-बार याद किया। दिल्ली की धूल और गर्द-भरी एक शाम, ऊपर फीका, नीला आकाश, वृक्षों की मैली पत्तियाँ, ऊबड़-खाबड़ पेवमेंट, यह राधिका देख और पहचान रही है। पहचानने में पुलक का भाव है : अरे, यह सब ज्यों-का-त्यों ही रहा। अपने अन्दर कुछ और डूबने पर राधिका हृदय में खेद के नन्हे-से आभास को पकड़ पाती है कि उसकी आँखों को सब बड़ा रंगहीन, मटमैला और अँधेरा-सा लग रहा है। इसका मतलब है कि वह पश्चिम के देशों की झिलमिल, रंग-बिरंगी, चमकदार रोशनियों की आदी हो गई है, अनजान में ही।

राधिका मुड़कर सड़क की ओर देखती है। उस पर निरन्तर बसों, साइकिलों और पदयात्रियों का प्रवाह है, पर भारतीय चेहरे अपने परिवेश में होने के कारण कितने स्वस्तिपूर्ण लग रहे हैं। वह भी उनमें एक है, इस भीड़ का एक अंश। वह उस भीड़ में अपने को खो सकती है और कोई उस पर ध्यान भी न देगा। यह चिर-प्रतीक्षित क्षण, कई वर्षों बाद स्वदेश में पहली शाम अब उसके सम्मुख है। पर राधिका महसूस कर रही है कि उसके अन्दर धीरे-धीरे एक हताशा रेंगने लगी है।

नहीं, वह आज की शाम अपने को मूडी नहीं होने देगी, और उस भाव-दशा से उबरने का प्रयत्न करते हुए उसने अक्षय को देखा, जो इतनी

देर से उसके पास ऐसे मौन खड़ा था, जैसे कि राधिका के विचारों में व्याघात न पहुँचाना चाहता हो।

यह अक्षय?

सुबह वह उसे एयरपोर्ट पर मिला था, इससे पहले राधिका ने उसे कभी नहीं देखा था। वह उससे मिलने आया है, यह जानकर भी आश्चर्य-सा हुआ था। पहली दृष्टि में वह जो देख पाई, उसमें वह ठीक लगा था। अक्षय एक काफी अच्छे दर्जी का सिला सूट पहने था, टाई भी अच्छी थी, बहुत भड़कीली नहीं; न एकदम सोबर। कलाइयाँ मजबूत, जूतों पर पॉलिस, बाल अधिक बड़े नहीं। राधिका को वह सीधा देखना टाल जाता था, उससे लगा कि वह स्त्रियों के बारे में कहीं लज्जालु है, और यह जानकर वह मुस्करा पड़ी थी। राधिका ने अब सायास सोचना बन्द कर दिया है, केवल नेत्र भारतीय दृश्य पर भटक रहे हैं।

रेस्तराँ में घुसने से पहले जब वह ठिठककर खड़ी हो गई तो अक्षय भी रुका। उसे थोड़ा-सा विस्मय हुआ, पर अधिक नहीं। सुबह जब से राधिका को एयरपोर्ट से लाया था, तब से राधिका के आचरण पर कभी-कभी विस्मय होता। वह सबसे इतनी अलग जो थी। न चाहते हुए भी अक्षय राधिका की असाधारणता से थोड़ा प्रभावित हो आया था। सारे दिन ऑफिस में काम करते हुए भी उसने कई बार सोचा कि क्या है वह, जो उसे असाधारण बना देता है। अपने पर बड़ा विश्वास? विदेश में रहने और अध्ययन करने से आया सोफ़िस्टिकेशन? या असाधारण पिता की पुत्री होने से चरित्र की गहनता और दुरूहता? पर, वह किसी एक चीज़ पर उँगली नहीं रख पाया।

सुबह पैन एम के बड़े जहाज से तमाम यात्री उतरे थे, पर न जाने क्या देखते ही अक्षय के मन में यह भाव आ गया था कि वह राधिका ही होगी। फिर भी उसे थोड़ा-सा झटका अवश्य लगा। गत रात्रि, राधिका की विमाता विद्या ने, ट्रंक-कॉल करके यह आग्रह किया था कि अक्षय राधिका से एयरपोर्ट पर मिल ले और ठीक से देखभाल कर रात की ट्रेन पर बैठा दे। वह वर्षों बाद लौट रही है और चाहते हुए भी विद्या मिलने आने में असमर्थ है।

रुकोगी नहीं राधिका

विद्या को अक्षय बहुत दिनों से जानता है, उसकी बड़ी बहन अंजलि की विद्या सहपाठिनी रह चुकी है। विद्या जल्दी उत्तेजित या विचलित नहीं होती, यह वह खूब जानता था, तभी उसके कंठ में जो आग्रह था, उससे अक्षय को थोड़ा-सा आश्चर्य हुआ। उसके मन में राधिका को लेकर एक भीरु, संकोची लड़की का चित्र उपजा था, जो कि विदेश से एम.ए. की डिग्री लेकर आने के बाद भी असहाय, शीघ्र रो-आनेवाली होगी। यद्यपि अब तक विद्या के ही मुख से अक्षय ने जो कुछ राधिका के बारे में जाना था, उससे यह चित्र तालमेल नहीं खाता था। राधिका जहाज से उतरकर कस्टम-काउंटर पर गई, तब तक वह बाहर ही प्रतीक्षा करता रहा। करीब पौन घंटे के बाद वह आकर सीढ़ियों पर खड़ी हो गई। जाकर उससे बात करने से पहले अक्षय कुछ क्षण रुककर उसे अच्छी तरह देख लेना चाहता था, जिससे कि व्यवहार किस प्रकार किया जाए, यह निर्धारित करने में आसानी हो।

राधिका क्लान्त दीख रही थी। उसके पास एक बड़ा-सा सूटकेस रखा था, बाएँ हाथ में वह उसी से मैचिंग, हल्के स्लेटी रंग का कास्मेटिक केस पकड़े हुए थी। बार-बार दाहिना हाथ बालों पर चला जाता और वह ढीले हो आए जूड़े को सँभालने लगती। अक्षय ने पास जाकर उसे नमस्कार किया।

"मेरा नाम अक्षय है। मुझे विद्या जी...आपकी माँ ने भेजा है, वे स्वयं न आ सकीं।"

राधिका पहले हल्का-सा चौंकी, फिर उसने छोटा-सा नमस्कार किया और जिज्ञासु दृष्टि से उसे देखा।

"कल रात उन्होंने मुझे टेलीफोन किया और कहा कि आप आ रही हैं, मैं आपसे मिल लूँ," अक्षय ने बात पूरी की।

राधिका ने इस बात पर भी कुछ नहीं कहा। निचले होंठ का एक कोना दाँतों से दबा लिया और खुली, भरपूर दृष्टि से अक्षय को ताकती रही।

"चलिए," राधिका से कोई शाब्दिक प्रत्युत्तर न पा अक्षय ने उसका सूटकेस उठा लिया। काफी भारी था। वह सामने खड़ी टैक्सी की ओर बढ़ा।

राधिका चुपचाप पीछे चली गई, जब दरवाजा खुला, तो बैठ गई।

रुकोगी नहीं राधिका

राधिका असहाय या भीरु है, इसका आभास अक्षय को अभी तक न हुआ। वह कुछ उदास हो आई है, यह उसने अनुभव किया या कि वह लम्बी यात्रा के अन्त पर क्लान्त ही हो।

"आप न्यूयार्क से कब चली थीं?"

"कल सुबह," राधिका ने कहा।

वह तल्लीनता से बाहर देखने लगी थी। एयरपोर्ट से शहर तक अपने में ऐसा रम्य या नेत्र-प्रिय है ही क्या, जिसे ऐसे ध्यान से देखा जाए! सड़क के किनारे-किनारे कँटीले झाड़, खेतों में कहीं-कहीं सरसों के फूल, एक-दो जगह कुओं पर चलता हुआ रहट...

"आपको तो काफी कुछ बदला लग रहा होगा," जब मौन बहुत लम्बा हो गया तो अक्षय ने पूछा।

"नहीं तो," राधिका ने हँसकर कहा। अक्षय को लगा कि राधिका की हँसी उसके हर्ष को प्रकट नहीं करती। यह तो पाश्चात्य औपचारिकता का एक भाग है।

"आप विद्या को कैसे जानते हैं?" वह एकाएक पूछ बैठी।

वह विद्या का नाम लेती है, माँ या ममी या ऐसे किसी सम्बोधन से नहीं पुकारती, यह नोट करते हुए अक्षय ने उसे बता दिया कि विद्या और अंजू सहपाठिनी रह चुकी हैं।

"आप हाल में विद्या से मिले थे?"

"अभी, दशहरे पर उस ओर गया था, तब भेंट हुई थी।"

"सब," राधिका लघु पल ठिठकी, "अच्छे होंगे?"

"आपके पिता से बहुत थोड़ी देर को मुलाकात हुई थी। आजकल वे आधुनिक चित्रकला पर एक पुस्तक लिख रहे हैं, यह तो आपको मालूम ही होगा। विद्या ठीक थीं। और कोई खास समाचार नहीं है।"

"और वहाँ के क्या हाल हैं?" राधिका ने पूछा।

"वह तो आप खुद देख लेंगी," अक्षय ने कहा, फिर आगे झुककर टैक्सीवाले को आदेश देने लगा।

दक्षिणी दिल्ली की एक नई बस्ती में अक्षय के पास एक फ्लैट था। ऊँचे-ऊँचे मकानों की एक कतार, आगे सड़क, सामने फिर मकान। रात की

ट्रेन से टिकट का प्रबन्ध उसने कर लिया था। पहले उसने सोचा कि राधिका को किसी होटल में टिका दे, फिर ख़याल आया कि होटल में तो वह स्वयं ही जा सकती है। विद्या ने अक्षय को इसलिए तैनात किया है कि राधिका का पहला दिन अकेले न बीते—इसलिए अक्षय उसे अपने ही घर ले आया। सामान उतारकर टैक्सी के पैसे देते हुए अक्षय को ख़याल आया कि विदेश की तड़क-भड़क के बाद कहीं उसके सादे-से घर में राधिका को कोई असुविधा न हो—राधिका ने पैसे देने का थोड़ा-सा आग्रह किया, पर अक्षय नहीं माना। जब वह ऊपर आया, तो राधिका बैठक में खड़ी थी।

"आप बैठिए, खड़ी क्यों हैं!"

राधिका बैठ गई। कमरा चौकोर था, एक सोफा दीवार से सटा रखा था, एक लेदर की कुर्सी, जो कि स्पष्ट ही स्कैंडिनेवियाई स्टाइल की थी। एक ओर किताबों से भरी आलमारी। सबकुछ साफ-सुथरा और दुरुस्त था, पर वातावरण-हीन।

तभी नौकर ने चाय की ट्रे लाकर मेज़ पर रख दी और सादर एक ओर खड़ा हो गया। नौकर का चेहरा-मोहरा देखकर राधिका को ताज्जुब हुआ। वह तिब्बती लगता था, साफ-सुथरे कपड़े पहने, अत्यन्त शिष्ट।

अक्षय ने कहा, "सोनाम, ये राधिका हैं, आज ही बाहर से लौटी हैं।"

नौकर ने झुककर राधिका को प्रणाम किया, फिर चाय बनाने लगा। चाय की प्याली हाथ में पकड़ राधिका ने अक्षय की ओर मुड़कर कहा, "मेरी वजह से आपको असुविधा हो रही है।"

"नहीं, ऐसी कोई बात नहीं।"

चाय पीकर वह दफ्तर चला गया।

तब घर में एकदम सन्नाटा, रसोई में से सोनाम की खटपट भी नहीं आती। राधिका कुछ समय तक वहीं चुपचाप बैठी रही, इस बात को मन में दोहराती हुई कि वह स्वदेश लौट आई है। आज भारत में उसका पहला दिन है। उससे मिलने कोई आत्मीय एयरपोर्ट नहीं पहुँचा। वह एक अनजान व्यक्ति के घर में बैठी है। व्यक्ति भी ऐसा कि बिना पूछे अपने बारे में कुछ भी नहीं बताता। उसका एक छोटा-सा फ्लैट है, एक तिब्बती नौकर।

राधिका अकेली है।

रुकोगी नहीं राधिका

इस दिन की कल्पना राधिका ने बहुत बार की थी। उसे यह विश्वास था कि पापा उसे अवश्य ही लेने आएँगे, भले ही विद्या न आए। फिर वे दोनों कहीं अच्छी-सी जगह ठहरेंगे, पापा उसे भोजन कराने ले जाएँगे। वह खाने के लिए ऐसी चीजों का ऑर्डर देगी जिनके लिए वह इस प्रवास में तरस-तरसकर रह गई थी, जैसे कि खूब फूली हुई कुरकुरी पूरियाँ, काबुली चनों की मसालेदार तरकारी जिस पर हरी मिर्च और नींबू के लम्बे-लम्बे टुकड़े सजे हों, पनीर-कोफ्ते, दही में डूबी गुझिएँ, चटनी, सब तरह के अचार, मिर्चवाले पापड़ और अन्त में मेवे छिड़का हुआ गाजर का हलवा या ताजे कटे आमों की फाँकें और मलाई या केसर से सुगन्धित खूब गाढ़ी खीर।

"आपके लिए पानी गर्म हो गया है," सोनाम कह रहा था।

नहा-धोकर राधिका आकर सोफे पर लेट गई। कमरे में धूप भर आई, जो कि राधिका को अच्छी लग रही थी। धुले हुए बाल कुशन पर छितरा लिए, बाईं बाँह आँखों पर।

राधिका चाह रही है कि आज के दिन वे सब त्रासद बातें याद न आएँ। ठीक है, पापा से वह भयंकर झगड़ा करके विदेश चली गई थी, पर उस बात को तीन वर्ष से ऊपर हो गए, उसने तो क्षमा भी माँग ली और लौट भी आई। क्या पापा अभी भी उन बातों की गाँठ बाँधे हुए हैं? तो आए क्यों नहीं? किस घर में बाप-बच्चों में संघर्ष नहीं होता? फिर झगड़ा पीढ़ियों के दृष्टिकोण को लेकर नहीं हुआ था। राधिका अपने व्यक्तिगत स्वातंत्र्य के लिए लड़ी थी। लीक पकड़कर न चलना उसे पापा ने ही तो सिखाया था। उसके आचरण से पापा को दुख पहुँचा है, यह तो वह जानती थी, पर वह इस प्रकार निर्मम, कठोर हो जाएँगे, ऐसा उसे विचार मात्र भी न था। पापा ने उसे क्षमा कर दिया होगा और उसे लेने दिल्ली आएँगे, लौटते समय उनके नाम 'केबल' देने के मूल में यही विश्वास था।

उसने हवाई जहाज से उतरते हुए उत्सुक आँखों से चारों ओर देखा था पर उसे एक भी परिचित चेहरा नहीं दिखाई दिया। लन्दन से लेकर नई दिल्ली तक जो प्रौढ़ अमरीकन निकट की सीट पर बैठा था, अब राधिका को देखकर फिर मुस्कराया।

"लम्बी अवधि के बाद घर लौटना कैसा लग रहा है?" उसने पूछा।

राधिका एकाएक कुछ न कह सकी। एक बार उसने फिर रेलिंग पर झुके खड़े लोगों की पंक्ति को देखा, उसे लगा कि वह एकाएक बहुत भावुक हो आई है। जो सबकुछ उसके चारों ओर था, धूल के छोटे-छोटे कणों से भरी हवा, फीका आकाश, तेज धूप से जली हुई घास, उसके पैरों के नीचे की कड़ी धरती, यह सब उसका था, इन सबका वह एक अभिन्न भाग थी, और इस समय जो कुछ वह अनुभव कर रही थी, उसे वह एक वाक्य में अभिव्यक्त कैसे करती। पर प्रश्नकर्ता को उत्तर की अपेक्षा थी, इसलिए उसने थोड़ा-सा हँसकर कहा, "जस्ट वंडरफुल!"

राधिका फिर भीड़ को देखने लगी। रेलिंग पर लटके हुए लोग वेग-से हवा में बाँहें हिला रहे थे, सीढ़ियों पर लड़कियों का एक छोटा-सा समूह था, एक ओर एक वृद्ध दम्पति, धीर प्रतीक्षा की मुद्रा में आनेवालों के चेहरों को गौर से देख रहे थे।

जैसे ही वह कस्टमवालों से छुटकारा पाकर बाहर निकलेगी, कोई-न-कोई आत्मीय अवश्य दीखेगा। अपने भावों का औरों के सम्मुख प्रदर्शन करने में पूरे परिवार को ही झिझक है। इसलिए शायद राधिका को गले से लगाकर कोई न भींचे, पर हर्ष तो चेहरे पर से न छिप सकेगा।

राधिका और यात्रियों के साथ लाउंज में पहुँच गई। कस्टम ऑफिसर युवा था, चेहरे पर छोटी-छोटी मूँछें, कन्धे कुछ अकड़े हुए और पूरी मुद्रा में इस समय पूरे रूप में स्थिति का निर्णायक होने का-सा भाव। विदेशियों को पहले निबटाना राधिका को बुरा न लगा, इतनी भद्रता तो बरतनी ही चाहिए। बेंत के सोफे पर अपनी बारी का इन्तज़ार करती हुई राधिका ने मन में थोड़ी-सी निराशा अनुभव की।

लाउंज में औरों के सम्बन्धी आ-आकर मिलने लगे थे। वृद्ध दम्पति भी अपने पुत्र और उसकी गौरांग वधू को पा गए थे, और अब वे सभी बड़ी त्रासदायक-सी स्थिति में खड़े हुए थे।

अब वह दरवाज़े की ओर देखेगी ही नहीं। राधिका फिर कस्टम-काउण्टर की ओर देखने लगी। अपनी बारी आने पर वह बहुत ही शान्त, संयत भाव से उठी और पासपोर्ट व चाबियाँ कस्टम-ऑफिसर को पकड़ा दीं। उसने पासपोर्ट पढ़कर राधिका पर दृष्टि डाली, नाम राधिका, जन्मतिथि जनवरी,

उन्नीस सौ चालीस, कद पाँच फुट तीन इंच, वज़न एक सौ पाँच पौंड, धंधा विद्यार्थी...

और फिर एक दृष्टि और।

हर पुरुष उसे दो बार देखता है, यह राधिका जानती थी। पहली बार सरसरी निगाह से, और दुबारा कुछ ध्यान से। कारण जानते हुए भी राधिका स्वीकार नहीं करती। पहली दृष्टि में वह अन्य भारतीय स्त्रियों की तरह दीखती है, साँवली, काली आँखों और काले बालोंवाली, पर पहली दृष्टि में ही राधिका में कुछ ऐसा है, जो दूसरी दृष्टि डालने को बाध्य करता है।

"आप वहाँ पढ़ रही थीं?" खानापूरी करते हुए कस्टम-ऑफिसर ने पूछा।

"जी!" राधिका ने कहा।

"क्या विषय था आपका?"

"फाइन आर्ट्स।"

"आप सूटकेस खोलेंगी?"

"जी, अच्छा!"

राधिका ने सूटकेस खोल दिया। उसे मालूम था कि उसकी हर चीज खोली जाएगी। फिर भी सामान खुलने से उसे थोड़ी-सी आश्वस्ति अनुभव होने लगी। ट्रांजिस्टर, कैमरा, टेपरिकार्डर–यह सब वह नहीं लाई है, यह भरते हुए कस्टम-ऑफिसर ने उसके मुख की ओर एक बार फिर देख लिया।

सूटकेस का पल्ला बन्द करते हुए हँसकर पूछा गया, "तो फिर आप लाई क्या हैं?"

राधिका ने उत्तर में कुछ नहीं कहा।

कागजों पर हस्ताक्षर कर जब राधिका मुड़ी, तो उसे यह एक बार फिर याद आया कि अब वह बाहर जा सकती है, वह तीन वर्ष बाद घर लौट आई है, और उससे मिलने कोई भी नहीं आया है। अगर पापा आते, तो कितना अच्छा लगता। पर उनके अलावा और लोग भी तो हैं जैसे बड़े भाई विनय, भाभी, उनके बच्चे–वीणा, विवेक। आने की सूचना उसने कितने पहले दे दी थी। अब मैं क्या करूँ, इस बात को मन में उलटते-पलटते हुए राधिका सीढ़ियों के पास खड़ी रही, उसकी आँखें अन्यमनस्क भाव से टैक्सियों की भीड़, रंगीन साफे और कुछ दूर एयर इंडिया के पोस्टर को

ताकती रहीं। यह सम्भावना कि जहाज से उतरकर कहीं जाने का स्थान भी न होगा, उसके मन में कभी न आई थी। वैसे दिल्ली में उसकी बाल्य-सखी प्रभा रहती थी। पर राधिका की इच्छा फोन-बुक में उसके पति का नाम ढूँढ़कर अपने आपको प्रभा पर लादने की न हुई।

तब? समय स्टेशन पर गुज़ारा जा सकता है, और फिर रात की ट्रेन से घर।

घर, यदि कहीं घर है! पापा का घर? बड़े भाई का घर? दोनों में से किसी ने यह जरूरत अनुभव न की कि राधिका से मिलकर कोई उसे साथ ले आए।

एकाएक यह निर्णय कर कि वह सीधे स्टेशन ही जाएगी, टैक्सी बुलाने मुड़ी तभी, धीमे कदमों से अक्षय उसके पास आकर खड़ा हुआ।

उसकी बात सुनकर राधिका को लगा कि वह उबर गई है, अब उसे वेटिंग रूम में सारा दिन नहीं काटना पड़ेगा। वह भरपूर दृष्टि से अक्षय को ताकती रही। और अक्षय उसे ठीक ही लगा—गम्भीर, शालीन और मृदुभाषी। विद्या ने उसे भेजा है, तो उसका आतिथ्य ग्रहण करना उचित ही होगा। फिर रहना भी तो उसे कुछ ही घंटे है।

अब राधिका ने सोफे पर करवट बदली। मन में आकुलता बढ़ती जा रही है। उसने फिर तकिए में सिर गड़ा लिया। आँखें बन्द करने पर लगता है कि जैसे वह अभी भी हवाई जहाज की सीट पर बैठी हुई है, बेरूत की झिलमिलाती बत्तियाँ हैं, नींद में डूबा तेहरान है। रात में कभी आँखें झँप गई होंगी। खिड़की से सुबह की पहली किरणें चेहरे पर पड़ने लगी हैं। जहाज में एक भर्राया-सा स्वर गूँज रहा है : "हम पैंतीस मिनट में नई दिल्ली के एयरपोर्ट पर उतरेंगे।" राधिका एकदम जाग जाती है और तीव्र उत्कंठा से चेहरा खिड़की के काँच से सटा देती है, जिससे नीचे देख सके।

उसे अपनी इन संवेदनाओं पर लज्जा नहीं आती। पिछले वर्ष एक दिन अचानक ही उसने निर्णय ले लिया था कि उसे रहना तो अपने ही देश में है, और वह उस पर अडिग रही थी।

राधिका विगत में कुछ और दूर जाती है। जो कुछ पीछे छोड़ आई है, उसी ओर अब मन रह-रहकर जाता है। वह भारत सदा के लिए छोड़ देगी, यह एक क्षण को भी उसने न सोचा था। जोकि अपना है, अपने सारे जीवन का सन्दर्भ, उससे अलग कटकर, कोई कितने दिन सन्तुष्ट रह सकता है? वैसे तारों-भरा नीला आकाश तो वहाँ भी था, फूल खिलते थे, बर्फ पिघलती थी, झील के जल में इमारतों की परछाइयाँ काँपती थीं, और हल्के-हल्के अँधेरे में प्रेमी हाथों-में-हाथ लिए घूमते थे। वह सब सुन्दर था। जीवन में एक ऐसा सतत प्रवाह था जोकि मन को कभी भी ऊब-ग्रस्त न होने देता। शारीरिक थकान होने पर विद्यार्थी यूनियन के खुले प्रांगण में रंग-बिरंगी कुर्सियों पर बैठकर कॉफी या बीयर पीते और तीसरे पहर की भीनी धूप में संगीत-विभाग के छात्रों का प्रस्तुत किया जाज सुनते। गर्मियों में झ़ील में नाव तैरती रहती थी, और झील के किनारे-किनारे उगी झाड़ियों की ओट में, आर्ट की अन्य छात्राओं के साथ प्रायः राधिका भी स्नान कर लेती।

आर्ट्स के विद्यार्थी वैसे भी काफी खुली प्रकृति के और असामाजिक माने जाते थे, उन्होंने अपने समूह में राधिका को भी बेझिझक सम्मिलित कर लिया। किसी के व्यक्तिगत जीवन में हस्तक्षेप न करनेवाले समाज में भी राधिका के बारे में कुछ बातें पता चल ही गई थीं, जैसे कि उसके पिता एक प्रख्यात कला-समालोचक हैं, कि राधिका न केवल एक पत्रकार के साथ देश छोड़कर चली ही आई, अपितु एक वर्ष उसकी संरक्षता में रही भी। जब किन्हीं कारणोंवश दोनों के सम्बन्धों में तनाव आया, तो उससे अलग हो वह अब अपनी कलात्मक सम्भावनाओं को विकसित करने का प्रयत्न कर रही है।

फोर्थ स्ट्रीट का वह कमरा। दो वर्ष पहले शहर में आने पर उसे विश्वविद्यालय गृह-व्यवस्था कार्यालय से मिसेज होमर का पता मिला। कोने पर उनका बेहद पुराना खँडहरनुमा मकान था। एक कमरा खाली भी था, नीचे की मंजिल पर। राधिका ने वही ले लिया, यद्यपि एक क्षण के लिए उसकी आँखों के आगे मिशिगन झील की ओर एक ऊँची इमारत की तैंतीसवीं मंजिल का वह फ्लैट घूम गया, जिसमें पहले वर्ष रही थी।

रुकोगी नहीं राधिका

उस कमरे को ठीक-ठाक कर अपना सामान लगा लेने के बाद राधिका ने काम प्रारम्भ कर दिया। सुबह दो-तीन घंटे भाषा-विज्ञान के एक अमरीकी प्रोफेसर को उनकी कक्षा में संस्कृत पढ़ाने में सहायता देती और तीसरे पहर अपनी क्लास में जाती। जब मौसम अच्छा रहता, तो मिसेज होमर के बरामदे में पड़े झूले पर बैठ सड़क को ताकती और प्रायः अपने और दूसरों के बारे में सोचा करती।

उन दिनों घर की बेहद याद आने लगी थी। घर, यानी पापा, और पापा के विद्या से विवाह के पहले के दिन, जबकि उनके जीवन में राधिका थी। पुत्री, खाली क्षणों की संगिनी, पूरे जीवन की धुरी। उसके बाद उनका पढ़ना-लिखना। ऐसे जीवन में नई पत्नी का स्थान ही कहाँ था? उसे स्थान देने के लिए राधिका को हटना पड़ा था और यह बात वह कभी नहीं भूलती।

मिसेज होमर के घर में रहते हुए कभी-कभी रात में जागने पर या किसी अकेले क्षण में राधिका को लगता कि उसने पापा के साथ बड़ा अन्याय किया है। पापा से उनकी सम्पूर्ण एकाग्रता की कामना करना ही राधिका की भूल थी। माँ की मृत्यु के बाद अठारह वर्ष उन्होंने अकेले काटे, यही क्या आश्चर्यजनक नहीं था? राधिका ने अब जाना था कि अकेलापन कितना भयावह होता है।

तब, राधिका के मन में बार-बार उमड़ने लगा कि वह जल्द-से-जल्द अपनी शिक्षा समाप्त करे और पापा के पास लौट जाए। अब वह उसी घर में विद्या से बिना झगड़ा किए, अपने बचपनवाले कमरे में रहेगी और एक बार फिर बिखरे सूत्र समेटने का प्रयत्न करेगी। इस प्रकार दो वर्ष बिताकर वह लौट आई है। अब वह आकाश भी है, उन्हीं फलों की सुगन्ध, दुकानों के आगे लटकती, हवा में फरफराती साड़ियाँ, चारों ओर भारतीय चेहरे, पर उसके अन्दर जो लौ जलती रहती थी वह एकाएक क्या बुझ गई है?

रात्रि की ट्रेन से चल देना है। घर की ओर, लेकिन...

सुबह जागकर राधिका ट्रेन की खिड़की से बाहर देखने लगी। स्टेशन छूट जाने पर हर नगर एक-सा लगता था। रेल की पटरियाँ, समानान्तर

और दूर देखने पर दाहिनी ओर मुड़ती हुई। रेलवे क्वार्टरों की कतार और पटरियों की ओर खुलती खिड़कियाँ, आधा पट खोलकर झाँकती हुई एक लम्बे मुखवाली महिला। हर ओर कोयले की पर्त थी, धूल का गुबार और जहाँ-तहाँ जंगली लताओं पर बैंगनी फूल और तलैयों में कोकाबेली। ताड़ के पेड़, पिरोड़ से पुते गाँव के घर, अमराइयाँ, खेतों के बीच मंथर गति से चलते हल—ये दृश्य राधिका ने आते-जाते सहस्रों बार देखे थे, पर आज के देखने में एक पुलक-भरा भाव था, क्योंकि वह उसी मटमैली धरती के सन्दर्भ में पूर्ण हुई। राधिका को उत्तर-भारत की यह धरती इस समय कितनी सूखी, मैदान कितने सपाट लग रहे थे, पर यह सब उसका था, उसकी विरासत।

रेल अब गंगा का पुल पार कर रही थी। रेत के दूहों में इधर-उधर उगी घास के बीच तन्वंगी धारा अलस लेटी दिखाई दे रही थी। राधिका को याद आया कि नानी के पास जाने पर हमेशा यह पुल पार करना पड़ता था और जब वह छोटी थी, तो कितने उत्साह से ताँबे का एक पैसा नीचे जल में फेंका करती थी। अगर पुल के पार, पैसा नीचे जा गिरता तो कैसी उपलब्धि की भावना होती थी।

राधिका धीरे-धीरे मुस्कराने लगी, अपने आप। सामने बैठी महिला उसे घूरकर देखने लगीं। राधिका के सामान में अब भी पैन एम के बिल्ले झूलते देख उन महिला ने रात को बातचीत करने की चेष्टा की थी, पर उन्हें टाल राधिका मुँह ढाँपकर लेट गई थी, यद्यपि नींद उसे बहुत देर में आई थी।

घर पर थोड़ा-सा भोजन करवा अक्षय राधिका को स्टेशन ले आया था, क्योंकि ट्रेन पौने नौ पर छूट जाती थी।

बहुत दिनों बाद, राधिका भारतीय स्टेशनों का एक अपना ही शोरगुल सुन रही थी, उनकी एक अपनी ही गन्ध, बर्फ में जमी मछलियों की सिसिथान्द, कच्चे-पक्के फलों, पसीने और मैले कपड़ों की गन्ध और कोयले का महीन चूरा भी उसे अब अप्रिय नहीं लग रहा था।

राधिका ने अपनी खिड़की नीची कर रखी थी, जिससे प्लेटफार्म पर चलने-फिरने वालों के केवल धड़ दिखाई देते थे, लम्बे घेरदार घाघरों में घबराई, इधर-उधर दौड़ती स्त्रियाँ, फर्श पर नंगे पैरों की छाप, लाठी लिए,

हाथ में पोटलियाँ थामे बौखलाए-से देहाती, खाली डिब्बे आपस में खनखनाते दूधवाले, और कभी-कभी डिब्बे के आगे चक्कर लगा लेनेवाले दो-तीन शौकीन लोग। यह सब वह कैसे भूल गई थी? अभी नियोन बत्तियों के नेत्रप्रिय रूप से प्रकाशित, शान्त, व्यस्त अन्तर्राष्ट्रीय हवाई अड्डों का आभास मन पर ताजा था। गत रात्रि ही तो वह बेरूत के ड्यूटी-फ्री अड्डे पर पापा के लिए कोन्याक खरीद रही थी।

राधिका को बैठाकर अक्षय नीचे उतर आया था और पास की खिड़की पर दाईं बाँह टिकाए बहुत सहज भाव से खड़ा था। बातें तो करने को बहुत बची थीं, पर दोनों के बीच मौन भी बड़ा स्वाभाविक था। प्लेटफार्म को ताकती राधिका कभी-कभी अक्षय पर दृष्टि डाल लेती। उसी तरह अक्षय भी कभी-कभी राधिका की ओर से आँखें हटाकर प्लेटफार्म की ओर देखने लगता, जब उसे अनुभव होता कि उसके इस प्रकार देखते रहने को राधिका अभद्रता न समझे। शायद राधिका दिन में गहरी नींद सो चुकी थी, क्योंकि प्लेटफार्म की फीकी नीली रोशनी में उसका चेहरा बड़ा शान्त, बड़ा सुस्त लग रहा था।

अक्षय को कुछ खेद हो रहा था कि राधिका इतने शीघ्र उसके जीवन से जा रही है और वह उसे कुछ और निकट से न जान पाएगा। राधिका रेल छूटने की प्रतीक्षा में थी।

और जब रेल चली, तो उसने अक्षय को स्टेशन पर विचार-मग्न खड़े रह जाते देखा। राधिका को एक क्षण को लगा कि वह ठीक से अक्षय के प्रति कृतज्ञता ज्ञापन नहीं कर पाई। घर पहुँचकर वह उसे एक पत्र लिखेगी।

वह पीछे छूटते स्टेशन की बत्तियों को देखती रही, फिर अन्धकार, उसके बीच एसिड के कारखानों की महक। फिर ठंडी सर्द हवा। सामने की सीटवाली मोटी, थुल-थुल महिला ट्रेन चलते ही सो गई थीं। पर राधिका जाग रही थी—एक धीर, स्तब्ध प्रतीक्षा में। ट्रेन पहले से तेज चलने लगी है। रात में वैसे भी गति अधिक जान पड़ती है। अँधेरे में एक टिमटिमाता दीप-सा शहर, घुप अँधेरी रात में तारे भी खिड़की के मैल जमे काँच के पार नहीं दीखते।

रुकोगी नहीं राधिका

क्या यह ट्रेन किसी स्टेशन पर नहीं रुकेगी? धड़धड़ाती हुई चली ही जा रही है—अन्धकार के मध्य—एक के बाद एक स्टेशन आते हैं, पर ट्रेन खड़ी नहीं होती। उसकी गति के कारण नाम भी नहीं पढ़े जाते।

राधिका उस स्तब्धता में केवल इंजन की सूँ ऽऽ सूँ ऽऽ सुन रही है। डिब्बे के अन्दर हलका नीला प्रकाश है, सामने की सीटवाली महिला ट्रेन चलते ही सो गई थी। राधिका ने बन्द डिब्बे में दो चक्कर लगाए, फिर गलियारे में आकर खड़ी हो गई। बीच रात में केवल वही जाग रही है। बाहर अब कुछ नहीं दीखता, गहन अन्धकार में केवल रेल के पहियों की पटरियों की रगड़ से उत्पन्न जुगनुओं-से चमकते अग्नि-स्फुलिंग।

रेल बचपन से ही राधिका को अच्छी लगती रही है। सारी रात वह बैठे-बैठे बिता सकती है, और अभी तो आधी रात भी नहीं हुई। उसके धचकों, हचकोलों के बीच राधिका का मन भी टँगा-सा है। वह आगे कल के बारे में रह-रहकर सोचने लगती है, फिर अपने को रोक लेती है। पिछले वर्षों से उसे लगता है कि जैसे वह एक लम्बी, अन्धकारमय, सर्द सुरंग में यात्रा कर रही है, जहाँ न लक्ष्य दीखता है, न उसका अन्त।

राधिका ने अन्दर आकर दरवाजे में चटखनी लगाई और सीट पर लेट गई—कल की प्रतीक्षा में। और तभी कब नींद आ गई, यह उसने नहीं जाना। जागी वह पटरियों के बदलने की खटखट से। कोई बड़ा स्टेशन आ गया है, यह समझकर। वह उठकर बैठ गई और खिड़की को ऊपर कर दिया। सितम्बर की हवा का ठंडा झोंका उसे कँपा गया। रेलवे क्रासिंग के बन्द फाटक के आगे दो-चार रिक्शे, कुछ मोटरें, एक बूढ़ा, नीम का पेड़, कोयला, राख—और ट्रेन प्लेटफार्म पर जा लगी। प्लेटफार्म के उस पार उगते सूरज के प्रकाश में सबकुछ बड़ा उनींदा-सा मालूम हो रहा था। इस रेलवे लाइन पर राधिका ने अगणित बार यात्राएँ की होंगी, और गत रात्रि से ही इन चिर-परिचित स्थानों को देखकर उसके मन में अजीब-से भाव उमड़ने लगे थे। राधिका बड़ी निर्मम बन यह सब छोड़कर चली गई थी, और विदेश में यदि याद आते थे तो प्रियजन, विशेष त्यौहार या बदलते मौसम व फूल; पर इन छोटी-छोटी चीजों की स्मृति भी अवचेतन में दबी ही रही होगी, नहीं तो उन्हें पुनः देख मन में ऐसा पीड़ा-भरा सुख क्यों होता।

चाय के लिए बैरा पूछने आया तो राधिका एक पल ठिठकी। उसे अपने डॉक्टर की हिदायत याद आई कि कुछ दिन वह खान-पान में सावधानी बरते और जब तक यह न पता हो कि बर्तन स्वच्छ हैं, वह कुछ ले नहीं। राधिका ने बैरा को मना कर दिया और जब दूसरा चायवाला 'चाय गरम' की पुकार देता हुआ निकला, तो राधिका ने उसे बुला लिया और बारह नए पैसे की चाय खरीद ली।

चाय बेहद मीठी थी, बेहद गर्म। वह धीरे-धीरे चुस्कियाँ लेने लगी और चाय जब समाप्त हुई, तो उसने हाथ बढ़ाकर कुल्हड़ बाहर फेंक दिया। ट्रेन जब लखनऊ स्टेशन पर रुकी तब एक बार फिर राधिका की आँखें न चाहते हुए भी भीड़ में किसी को खोजने लगीं। पापा के पास जाने के लिए यहाँ ट्रेन बदलनी होगी, पर बड़'दा यहीं रहते हैं, और यदि वे किसी कारणवश दिल्ली न भी जा सके तो मिलने तो आएँगे ही, या बच्चों को भेज दें। राधिका को शोफर भी पहचानता है।

एक क्षण वह बाहर ध्यान से देखती रही, मन में जो बातें एकदम उमड़ आई थीं, उन्हें पीछे ठेलती हुई। बचपन, माँ, सवेरे नौ बजे मिल की सीटी, स्कूल की बस, चुराकर तोड़ी गई अर्बियाँ, माँ की हीरे की लौंग, बचपन, विद्या, माँ की घर से विदाई, तोते मिट्ठू का पिंजरे में रह-रहकर व्याकुल घूमना और बार-बार पानी की कटोरी पटकना, रस की खीर की तेज गन्ध, जो कि नानी के घर अक्सर बनती थी। लाल हरे, पानी से भीगे हुए सिंघाड़े...

"राधिका?" ठीक खिड़की के पास रज्जू मामा खड़े थे।

"राधिका!" उन्होंने फिर कहा। तब उसने चौंककर नमस्ते की।

राधिका ने देखा कि उनके पीछे ही हाँफती-हाँफती सुनीति मामी आ रही हैं और उन्हीं के साथ उत्सुक, खिले हुए चेहरे लिए दोनों बच्चे!

"नमस्ते जीजी!" दोनों ने एक साथ कहा, और दरवाजे की ओर लपके। दरवाजा खोलकर पहले बड़ा चरण छूने झुका, फिर छोटा।

"अरे-अरे रहने दो न!" कहते हुए राधिका ने दोनों को सँभाल लिया। दोनों बाँहों में थोड़ी देर उमगते हुए बँधे रहे और राधिका सोचती रही कि इस समय सहज भाव से उसके मुख से आशीष क्यों नहीं निकली। शुभाशीष

के शब्द कहते हुए उसे वैसा ही संकोच लग आया था, जैसा कि अपने पैर छुआते हुए।

"अब इनका सामान जल्दी से उतार लीजिए," सुनीति ने रज्जू मामा से कहा।

"अरे, मेरा घर पर इन्तजार हो रहा होगा," राधिका के मुँह से निकल गया।

सुनीति मामी ने एक लम्बी, गूढ़ दृष्टि से उसे देखा। रज्जू मामा डिब्बे में चढ़ते-चढ़ते रुक गए। फिर मामी ने हँसकर कहा, "अरे, एक-दो दिन रुकने से क्या फर्क पड़ता है? हम लोग तीन दिन से सुबह-शाम गाड़ियाँ देख रहे हैं!"

राधिका ने तब अपने सामान को उतारे जाते देखा और वह भी उतर गई। रज्जू मामा और परिवार के इस तरह मिल जाने से उसके मन में जो खुशी भर आई थी, उसे स्वीकारते हुए उसे थोड़ी आश्वस्ति हो रही थी, कल सुबह से, जबकि उसने पाया था कि परिवार का कोई भी सदस्य उससे मिलने नहीं आया था, उसने अपने को तटस्थ रखने की चेष्टा की थी, जिससे मन में दुख न हो। यह तटस्थता आरम्भ से ही राधिका का एक कवच रही थी। कोई कुछ करें, इसकी मुझे क्या परवाह, ऐसी भावना वर्षों से उसकी संगिनी रही थी। अब बड़े और छोटे की इन हँसती हुई, ऊपर ताकती हुई आँखों ने जैसे उस कवच को उतार फेंका था और उसी के साथ राधिका को दुबारा आहत हो जाने की आशंका हो गई थी।

स्टेशन की सीढ़ियाँ चढ़ते हुए बड़ा उसके पास सट आया और बोला, "आप हिन्दी बोलना भूल तो न गई होंगी?"

"भूलूँगी क्यों?"

"मैंने सोचा।"

तब राधिका को अपने अतिथि-धर्म का ध्यान हो आया और उसने परिवार के बारे में प्रश्न पूछने शुरू कर दिए, कि वे दोनों किस दर्जे में पढ़ते हैं, नानी आजकल कहाँ हैं? इस बीच उनकी चितकबरी बिल्ली के कितने बच्चे हुए, और इन्हीं प्रश्नों-उत्तरों में डूबी राधिका सबके साथ ताँगे में जाकर बैठ गई, और ताँगा चल पड़ा।

रुकोगी नहीं राधिका

अब तक चारों ओर खूब उजाला फैल गया था और सड़क पर आवा-जाही बढ़ गई थी यद्यपि अमीनाबाद की सारी दुकानें अभी भी बन्द थीं।

"एक बात है, हमारी राधिका में ज़रा भी फर्क नहीं आया," मामी ने रज्जू मामा से कहा।

मामा ने सहमति में सिर हिलाया और मुस्कराते हुए राधिका की ओर देखने लगे।

सिर्फ तीन साल में रज्जू मामा के बाल एकदम कितने सफेद हो गए हैं, उजाले में राधिका ने पहली बार ध्यान दिया। सुनीति मामी मटमैले रंग की हैंडलूम की साड़ी पहने थीं, माथे पर छोटी-सी बिन्दी, काम करनेवाली गृहस्थिन के-से हाथ, पैरों में घिसे हुए बिछुए। पर सुनीति मामी इस समय खुश थीं।

"अगर स्टेशन पर हम न आते, तो आपकी जीजी यहाँ उतरनेवाली थोड़े ही थीं? है न?" उन्होंने बड़े और छोटे की ओर देखते हुए कहा, "हमें तो इन्होंने आने की चिट्ठी भी नहीं डाली थी।"

"चलने से पहले इतना काम था कि फुरसत ही नहीं मिली," राधिका ने सफाई देते हुए कहा और मन में थोड़ा-सा संकोच भी अनुभव किया कि रज्जू मामा को खत डालने का ध्यान एक बार भी उसे नहीं आया।

माँ के परिवार में राधिका के तीन मामा थे, एक बाल-विधवा मौसी, एक बूढ़ी नानी। लखनऊ में नौ कमरों का एक पैतृक मकान, जिसमें रज्जू मामा के हिस्से में तीन कमरे आए थे। मौसी और नानी बारी-बारी से मामाओं के पास रहती थीं।

"अरे, बड़'दा कैसे हैं?" राधिका ने पूछ लिया।

"मजे में हैं। धड़ाधड़ पैसा आ रहा है। वह तो आपको अपनी भाभी को देखकर ही पता लग जाएगा," सुनीति ने कहा।

"मैंने सोचा था कि शायद वे एयरपोर्ट पर आएँ। पर फुरसत न मिली होगी।"

"यहाँ एक नया सिनेमा खोला है। नाम रखा है 'वीणा'," रज्जू मामा ने कहा।

"अब तो वीणा खूब बड़ी हो गई है," सुनीति मामी थीं यह।

अब ताँगा बाईं ओर मुड़ रहा था। एकाएक रज्जू मामा ने कहा, "राधिका, अगर तुम विनय के पास रुकना चाहो, तो हम तुम्हें वहीं उतार दें।"

राधिका ने देखा कि मामी व बच्चे उसी की ओर देख रहे हैं। उसने सहज भाव से कहा, "नहीं, रज्जू मामा, आप ही के साथ चलूँगी।"

मामा आश्वस्त होने लगे।

"दफ्तर जाकर फोन कर देना कि राधिका को हम उतार लाए हैं," सुनीति ने कहा।

ताँगा पुरानी बस्ती में, राधिका के चिरपरिचित घर के आगे रुक गया।

सामान उतरने लगा। तभी मौसी भी पल्ले से हाथ पोंछती हुई निकल आईं और राधिका को उन्होंने अपने से भींच लिया। कुछ देर में अलग होते हुए राधिका ने देखा कि उनके झुर्रियोंदार दाएँ गाल पर एक छोटा-सा आँसू टिका है।

राधिका का सामान सुनीति मामी ने अपने कमरे में ही रखवाया।

"अब आप नहा-धो लें, तब तक नाश्ता तैयार हुआ जाता है, आप क्या खाएँगी?"

"जो भी आपको सुविधा हो," राधिका ने कहा। वह सूटकेस खोलने के लिए चाबी देखने लगी। मामी छोटे और बड़े को वहाँ से हटा ले गईं और राधिका अकेली रह गई। काफी बड़ा कमरा। दीवारें सूनी, एक भी चित्र या कलेंडर नहीं, केवल एक कील पर एक बड़ी पुरानी-सी चाबी। दो खिड़कियाँ, जिनमें एक के बाहर लाल फूलों से लदा हुआ एक वृक्ष दीख रहा था, व तार पर सूखती एक काले पाड़ की साड़ी। राधिका कुछ देर बाहर देखती रही, फिर सूटकेस बिना खोले हुए उसने मामी को पुकारा। वे कहीं पास ही थीं, मुस्कराती हुई आ गईं।

"मामी, एक साड़ी चाहिए सूती, धोबी की धुली, खूब कलफदार!"

सुनीति मामी जब ब्याहकर आई थीं तो खुलता हुआ उजला रंग था, चमकदार आँखें, हँसने पर बाएँ गाल पर गढ़ा पड़ जाता था, वह गढ़ा अब भी था।

"क्यों, वहाँ तो धोबी मिलते न होंगे।"

"बस, हमीं को समझ लो, धोबी, बावर्ची, कहारिन सभी कुछ।"

"तब तो राधिका, आप काम करने में खूब कुशल हो गई होंगी।"

सुनीति मामी दो साड़ियाँ निकालकर ले आईं। एक कोरी थी, एक सफेद चिकन की। साधारण ही दाम की होंगी। गुलाबी रंग का झिरझिरा कपड़ा, हलका-हलका काम। राधिका ने उसी को पसन्द किया।

नहाते समय राधिका यही सोच रही थी कि इस पुरानी लोटा-बाल्टी और भीग-भीगकर काले हो आए पीढ़े के बीच उसका सुगन्धित विदेशी साबुन कैसा असंगत लग रहा था। उसे थोड़ा-सा अपने पर आश्चर्य भी हुआ कि यह सब, चारों तरफ का वातावरण उसे खटक क्यों नहीं रहा है। यह बात जरूर है कि जो कुछ धनाभाव के कारण है, वह झट-से दृष्टि में आ जाता है, वैसे रज्जू मामा का स्वास्थ्य या छोटे के जूते का पालिश करने पर भी पुरानापन, या मामी के कमरे की दीवारों से झरता चूना या मौसी की धोती में जगह-जगह भरी हुई खोपें। यह सब थोड़ा-बहुत तो पहले भी था, क्योंकि एक सेकेंडरी स्कूल के शिक्षक का वेतन ही कितना होता है, पर यह इस प्रकार दिल में चुभा न था, और उसका नया सूटकेस व मैचिंग कॉस्मेटिक केस, बड़ा-सा इटैलियन पर्स और इटैलियन ही चप्पलें, उसका फर्स्ट क्लास से उतरना, क्या यह सब मामी को चुभा न होगा? पर वह जानती थी कि ये मामी ऐसी नहीं हैं। उन्हें शायद खुशी हुई हो राधिका की सम्पन्नता पर।

नहाकर आई राधिका को यह वासन्ती-सा मौसम अच्छा लगा। बाल खुले हुए पीठ पर फैले थे। और कलफदार साड़ी पहनकर उसका मन जैसे एकदम हलका हो आया था।

नाश्ता मेज पर सजा हुआ था। खूब मेवे से सजा हुआ गाजर का हलवा, रस में भीगे पेठे के टुकड़े, दो-तीन तरह की दालमोठ, ताजी मठरियाँ, आलू के लच्छे और टोस्ट, मक्खन, जैम।

"आमलेट लोगी या फ्राइड अंडा?" रज्जू मामा पूछ रहे थे।

"इतना सब क्यों कर डाला? मैं तो सुबह एक प्याला कॉफी के अलावा और कुछ नहीं लेती।"

"कॉफी बनाओ, झटपट," रज्जू मामा ने पत्नी की ओर देखकर हुक्म दाग दिया।

"नहीं, नहीं, बस रहने दें," राधिका ने कहा, "मैं चाय भी पीती हूँ। मामी आप कष्ट न करें।"

"जीजी, जलेबी खाइए। अभी गर्म-गर्म लाया हूँ," बड़े ने कहा।

"तुम लाए हो? अभी से बाजार-हाट करने लगे।"

"हाँ, अब तो मैं बापू जी की साइकिल भी चला लेता हूँ," बड़े ने कहा।

राधिका ने जलेबी उठाकर मुँह में रखी, "खूब बढ़िया है।"

बड़ा मुस्करा दिया। राधिका को लगा कि सुबह का नाश्ता घंटों चलता रहा। उसे हर चीज खानी पड़ी, हर चीज उसने खाई और प्रशंसा की, प्रशंसा करना आदत बन गई थी, पर हर चीज में स्वाद के अतिरिक्त और भी बहुत-कुछ था, राधिका को क्या-क्या चीजें पसन्द हैं, मामी का यह खयाल रखना ही उसे बहुत अच्छा लग रहा था।

नाश्ते के बाद वह चारपाई पर लेटी थी, बाल उसके तकिए पर फैले हुए थे, और मौसी आकर पास में बैठ गईं हाथ में थाली लिए हुए जिसमें धुली मसूर की दाल थी। वे पुराने फ्रेम का चश्मा नाक पर रखे दाल बीनने लगीं।

"सुनाओ मौसी यहाँ का क्या हाल है? नानी बड़े मामा के पास हैं?"

"यहाँ का हाल तुम देख ही रही हो। हरि इच्छा है। रज्जू की सेहत दिन-पर-दिन गिरती जा रही है और बड़े दद्दा कुछ मदद नहीं करते। अम्माँ तक को नहीं रखते, मझले के पास पड़ी हुई हैं।" मौसी बात बीच में छोड़कर बोलीं, "और तुम बिट्टी? एम.ए. तो कर लिया न?"

"हाँ, कर लिया।"

"तो अब क्या इरादा है? नौकरी करोगी कि..."

राधिका कुछ पल चुप रही, "अभी तो मैंने कुछ भी तय नहीं किया है मौसी। वहाँ ढाई साल काम करते-करते इतनी थक आई हूँ कि कुछ महीने आराम करने का मन है।"

"रहोगी वहीं, विद्या के संग?"

मौसी बड़े होने के नाते सभी प्रकार के प्रश्न पूछ सकती हैं, ऐसे भी प्रश्न जिनका उत्तर राधिका स्वयं नहीं जानती।

"अगर वो रखेंगी तो रहूँगी," राधिका ने कहा।

"रखेंगी क्यों नहीं? विद्या ने तो कभी तुमसे लड़ाई-झगड़ा नहीं किया। रखेंगी," मौसी ने कंकड़ उँगलियों से सरका दिया।

"तुम्हारे बड़'दा भी ऐसे ही निकले।"

राधिका चुप।

"वीणा एक दिन दुल्हन को बाजार में मिली थी, उसी ने बताया था कि तुम आज ही कल में आनेवाली हो। हम लोग तो तभी से इन्तजार कर रहे थे।"

"अब तो वीणा बहुत बड़ी हो गई होगी," राधिका ने कहा।

"तुम्हारी तरह ही निकली। नाम पर सिनेमाघर खुलवा दिया है भैया ने," मौसी ने खिसकता हुआ चश्मा नाक पर चढ़ा लिया।

उस शाम रज्जू मामा राधिका को बड़'दा के यहाँ ले गए। साथ में और कोई नहीं आया, सुनीति मामी के मुख पर थोड़ा-सा फीकापन था, उन्हें आशा न थी कि राधिका को वे लोग वापस आने देंगे। सगे भाई-भावज तो आखिर वही हैं। बच्चों को उसके न लौटने का बुरा लगेगा, इसीलिए, होमवर्क की याद दिला उन्हें घर पर ही रोक लिया।

एक पल, रिक्शे पर बैठने से पहले राधिका झिझक गई पर "बैठो, बैठो" का आग्रह सुन वह बैठ गई। रज्जू मामा के पास आ बैठने पर रिक्शा चल दिया।

"अब क्या करने का इरादा है राधिका?" उन्होंने पूछा।

"पता नहीं मामा!"

"यू शुड गेट मैरिड नाउ," रज्जू मामा ने बड़ी गम्भीरता से कहा।

राधिका सामने देखती रही, बिना कुछ कहे। रज्जू मामा ने हल्के-से पूछा, "वहाँ जाकर, उससे, यानी..." वे डैन का नाम लेते हिचक रहे थे, "तुमने विवाह तो किया नहीं था?"

"कोई सवाल ही नहीं उठता था। डैन ने मुझे विदेश जाने में सहायता जरूर दी थी, नहीं तो यहाँ बैठे-बैठे मुझे क्या पता चलता कि

कौन-सी यूनिवर्सिटी में अप्लाई करूँ," राधिका ने मन्द, सपाट स्वर में कहा।

गला साफ करते हुए रज्जू मामा बोले, "बातें यहाँ उड़ जाती हैं। सुना था..."

"डैन के तो," राधिका ने कहा, "पत्नी और एक बच्चा भी था।"

"मगर उसका तो तलाक हो गया था न?" फिर रज्जू मामा ने कुछ सफाई देते हुए कहा, "तुम्हारी भाभी ने सुनीति से कहा था। सुना था कि वह डाइवोर्स्ड था, तुमसे उम्र में बहुत काफी बड़ा, इसीलिए तुम्हारे पापा इतने विरुद्ध थे।"

रज्जू मामा भी सुनी हुई बातों को दोहरा रहे थे, राधिका जानती थी कि उसका हित ही उन्हें यह सब कहने को प्रेरित कर रहा है।

"डाइवोर्स तो डैन को मेरे जाने के बाद मिला, और अब तो उसने दूसरी शादी कर ली है।"

"हाँ, वहाँ तो यह सब चलता ही रहता है," रज्जू मामा ने सरलता से कहा। एक क्षण को डैन की स्मृति मन में उपजी और डूब गई। वह सब तो कब का समाप्त हो चुका।

"तो राधिका" रज्जू मामा ने टूटा सूत्र पकड़ा, "तुम्हें अब भविष्य को स्पष्ट दृष्टि से देखना चाहिए। मैं तुम्हें राय देने के योग्य तो नहीं, तुम मुझसे कहीं अधिक काबिल हो गई हो...!"

"रज्जू मामा!" प्रतिवाद के स्वर में राधिका ने कहा। रिक्शा बाईं ओर मुड़ गया, और अपेक्षाकृत चौड़ी सड़क पर आ गया।

"यहीं तो हम लोग बचपन में आया करते थे," राधिका ने कहा।

"हाँ, जिन दिनों अमलतास फूलते हैं, इस राह पर बड़ा अच्छा लगता है।"

"आपको याद है मामा, एक बार दिलकुशा के खँडहरों में एक साँप पर मेरा पैर पड़ गया था।"

रज्जू मामा के साथ वह स्वयं हँसी। बात वहीं रुक गई थी।

रिक्शा रोककर जब तक रज्जू मामा ने पैसे दिए, फाटक खोलकर राधिका अन्दर चली गई। कार-पोर्च बिलकुल हाल ही में बना दीखता था,

अन्दर आती सड़क के दोनों ओर पास-पास गुलदाउदी के गमले रखे थे, कई सौ तो होंगे ही।

बरामदे में जिस सन्नाटे ने उसका स्वागत किया, उससे वह थोड़ी-सी ठिठक गई। बाग में काम करते हुए माली ने मामा को पहचानकर नमस्कार किया और बताया कि बाबू जी सपरिवार कलकत्ते गए हैं, हफ्ते-भर में लौटेंगे।

राधिका को काफी बुरा लगा। पलटकर मामा से कहा, "लगता है कि मैं अच्छी सायत से नहीं निकली।"

गमलों के पास, कुछ सम्भ्रम में पड़े खड़े मामा ने कहा, "चलो, अब इसी बहाने रुकना हो जाएगा।"

राधिका ने फाटक की ओर बढ़ते हुए कहा, "देखा जाएगा। क्या रिक्शा आपने वापस कर दिया?"

रिक्शावाला अभी गया नहीं था, उसी को लेकर दोनों वापस लौटे। रास्ते में रुककर राधिका ने बच्चों के लिए थोड़ी-सी चीजें, फल, मिठाई आदि लीं और शेष रास्ता एक मौन में ही कटा।

सुनीति मामी के पूछने पर, "बड़ी जल्दी लौट आए!" राधिका ने स्वर में सहजता लाकर कह दिया कि मिले नहीं। और साड़ी बदलने अन्दर चली गई।

बड़'दा के घर से लौट राधिका को एक अजीब अकुलाहट ने जकड़ लिया। कमरे में वह अकेली थी और बाहर एक विषाद-भरी साँझ। मामा अपनी ट्यूशन पर चले गए, मौसी मुँह लपेटकर अपनी राधास्वामी की पूजा में लीन हो गईं। बैठक में बच्चे होमवर्क कर रहे थे। कुछ देर को राधिका रसोई में गई और पीढ़े पर बैठी रही। पर जब आलू छीलने के लिए उठाए तो मामी ने हँसकर चाकू हाथ से ले लिया और कहा, "तुम जाकर आराम क्यों नहीं करतीं?"

तब राधिका उठी और आकर चारपाई पर बैठ गई। कमरे में मद्धिम-सा बल्ब जल रहा था। सड़क का शोर शान्त था, पीछे रह-रहकर एक गाय रँभा उठती।

अगले दिन सुबह ही वह पापा और विद्या के पास जा रही थी। क्षमा-याचना के लिए वह पापा से क्या कहेगी, मन में बार-बार इसके लिए शब्द गुँथने लगते। अन्तिम बार जब वह उस घर से आई थी, पापा सुबह से ही घर छोड़कर चले गए थे।

और यह सब केवल पापा से प्रतिशोध लेने के लिए हुआ। डैन तो जीवन में इसके लिए निमित्त बन गया था।

डैनियल पीटरसन भारत में शिकागो के एक समाचार-पत्र का संवाददाता होकर आया था। उन दिनों स्वेच्छा से एक साल की छुट्टी ले, फैजाबाद रोड की एक पुरानी कोठी में रह रहा था और विदेशियों के लिए भारत-दर्शन नाम की एक गाइड-बुक लिख रहा था। राधिका भी उन दिनों पापा की एक पुस्तक के लिए रिसर्च करने अक्सर लायब्रेरी या पुरातत्व विभाग की लायब्रेरी जाती और वहीं डैन से उसका परिचय हुआ। अपनी आयु के प्रत्येक विद्यार्थी की तरह राधिका का भी विदेश भ्रमण का एक स्वप्न था, पर उसने इस दिशा की ओर कोई प्रयत्न नहीं किया। दिवा-स्वप्नों में डूबी रहती और तब लगता कि घर की असहनीय हो आई स्थिति से उबरने का एक यह अच्छा तरीका हो सकता है। डैन ने उसे इस स्वप्न को मूर्त रूप देने में सहायता का वचन दिया और जब शिकागो विश्वविद्यालय में उसका प्रवेश हो गया, तब तो राधिका उसके प्रति कृतज्ञता से भर उठी। पर तब भी समस्या थी वहाँ रहकर जीवन निर्वाह की, क्योंकि जो आंशिक छात्रवृत्ति उसे मिली थी, वह केवल नाममात्र की ही थी।

तब डैन की ओर से सुझाव आया कि क्यों न राधिका शिकागो में उसे पुस्तक लिखने में सहायता दे। सारी सामग्री इकट्ठा कर लेने के बाद भी डैन को एक भारतीय सहायक की आवश्यकता तो होगी ही।

राधिका निष्कपट रूप से इस पर सहमत हो गई थी। डैन के व्यक्तित्व से वह प्रभावित थी। आयु में वह उससे उन्नीस-बीस साल बड़ा होगा। गर्म जलवायु में उसका रंग तपकर ताँबई हो गया था, और उस वर्ण में स्लेटी रंग की आँखों की दृष्टि अत्यन्त बेध देनेवाली लगती थी। वह

जब काम में व्यस्त रहता, तो उसकी निश्शब्द तल्लीनता से राधिका सहम जाती, और जब अवसर आता तो वह राधिका से भी उसी प्रकार काम लेता।

कि वह कभी डैन के काम के लिए भी लायब्रेरी चली जाती है, यह राधिका ने पापा को नहीं बताया था। वह बिना बताए ही जानती थी कि पापा को यह अच्छा न लगेगा। विदेशियों से वे वैसे भी कुछ चिढ़ते थे। और राधिका ने दो-एक बार डैन को घर पर भी आमंत्रित किया, तब भी, वार्तालाप में भाग लेते हुए भी, उन्होंने थोड़ी दूरी कायम रखी। फिर भी अपने देश में आए हुए अतिथि के प्रति वे उदार थे और उनका व्यवहार काफी संयत था।

तीन बजे तक लायब्रेरी में बैठना और फिर डैन के साथ उसके घर चाय पीने चले जाना राधिका का नियम बनता जा रहा था। उस समय डैन के नौकरों में केवल एक बूढ़ा बैरा ही रहता, जो कि अंग्रेजी का एक भी शब्द नहीं समझता था। डैन को हिन्दी नहीं आती थी, पर काम सुचारु रूप से चलता जाता था। जाड़ों के एक मध्याह्न में लॉन में बैठकर चाय पीते हुए डैन ने अपनी पत्नी के बारे में उसे बताया था। भारतवर्ष उसे रास नहीं आया था, जब तक डैन दिल्ली में रहा, उससे निभी भी, पर लखनऊ आते समय पत्नी ने साफ इनकार कर दिया। एक कारण यह भी था, डैन ने बड़े शान्त भाव से बताया, कि जयपुर की यात्रा के दौरान उसकी भेंट एक हंगेरियन से हो गई थी और डैन के जाने बगैर उसने काफी समय उसके साथ भी बिताया। हंगेरियन अमरीका आना चाहता है, और इसके लिए अमरीकन पत्नी वरदान सिद्ध होगी। सारी बातें सोचकर डैन और उसकी पत्नी अब अलग-अलग रहते हैं। वह वापस चली गई है और डैन के लौटने पर वे सम्बन्ध-विच्छेद कर लेंगे। बच्चा? वह दोनों के पास आता-जाता रहेगा।

राधिका कई दिन इन सम्बन्धों पर सोचती रही। कैसा होगा वह देश, जहाँ लोग इतनी आसानी से साथी बदल देते हैं, क्या रिक्ति हृदय में कचोटती नहीं रहती? वह तो पापा को ही क्षमा नहीं कर पाई। इसका उल्लेख करने पर डैन हँसा।

"कारण तुम्हारा व्यक्तित्व और परिवेश है राधिका," दोनों दो-दो कप चाय पी चुके थे, डैन का मुख धूप की ओर था और राधिका अपनी दाहिनी हथेली से चेहरे को आड़ में किए थी, चौंध से बचने के लिए। वह डैन की बात को ध्यान से सुन रही थी।

"माँ के मरने के बाद तुम्हारा पिता के प्रति लगाव बहुत कुछ एब्नार्मल हो गया। यदि भारतीय परिवेश में तुम्हें प्रारम्भ से ही युवा मित्र बनाने की सुविधा होती तो ऐसा न होता। तब तुम्हें प्रसन्नता होती कि तुम्हारे पिता ने जीवन में फिर सुख पाया।"

राधिका इन सब बातों को बड़े ध्यान से सुनती थी। उसके चरित्र का इस प्रकार विश्लेषण कभी किसी ने नहीं किया था।

"क्यों, बचपन में तुम्हारे संगी-साथी थे?"

"नहीं।"

"स्कूल में?"

"थे, पर कम।"

"तुम्हें उनके घर आने-जाने की सुविधा थी?"

"तुम तो ज़िरह कर रहे हो।"

तब डैन हँसा और बोला, "नहीं राधिका, मैं तुम्हें यह जताने की कोशिश कर रहा हूँ कि तुमने अपने ही बनाए दुख के घेरे में अपने को बाँध लिया है। ठीक है, पिता ने दूसरी शादी कर ली। तुम भी सीमाओं से निकलो, दुनिया देखो, अपनी सम्भावनाओं को विकसित करो। किसी युवा पुरुष से...।"

"मुझे युवा पुरुष बहुत अपरिपक्व लगते हैं।"

"इसलिए कि तुम प्रत्येक में अपने पिता की-सी मानसिक प्रौढ़ता ढूँढ़ती हो। मालूम है कि तुम मेरे साथ इतनी फ्री क्यों हो?"

"क्यों?" राधिका ने पूछा।

"क्योंकि तुम मुझमें कहीं अपने पिता का प्रतिबिम्ब पाती हो। ठीक है न?"

"बिलकुल गलत," राधिका ने उच्च स्वर में प्रतिघात किया। पर ऐसे ही अनेक वार्तालापों के बाद उसके मन में यह विश्वास दृढ़ होता गया कि उसे डैन की बात मानकर एक बार विदेश अवश्य जाना चाहिए।

विद्या उन दिनों यूनिवर्सिटी में शाम की कक्षाएँ लेती थी, लौटते-लौटते नौ बज जाते। थकी भी इतनी होती कि भोजन करने के बाद फिर अधिक देर जागती न रहती। राधिका अक्सर देर तक पापा की पाण्डुलिपि टाइप किया करती, और पापा कमरे में टहलते रहते और बीच-बीच में आकर राधिका के कन्धे के ऊपर से झाँककर देख लेते। गत वर्ष राधिका ने हिस्ट्री में प्रथम वर्ष करके छोड़ दिया था। राधिका जो ठान लेती है, वही करती है, यह जानते हुए किसी ने उस पर दबाव भी नहीं डाला था। इस बीच उसने टाइपिंग सीख ली थी। फर्क-फर्क रंगों की बोगनबेलिया इकट्ठे करने का शौक पाल लिया था, और विदेशी साहित्य की ढेर सारी ऐसी पुस्तकें पढ़ डाली थीं, जिन्हें पढ़ना वह हमेशा टालती आई थी। रात्रि के उस प्रथम पहर में पापा की स्टडी में काम करते हुए राधिका को यह ज्ञान भली-भाँति रहता था कि विद्या अपने कमरे में अकेली है। और इससे उसे थोड़ा-सा सुख होता।

आत्म-विश्लेषण के एक क्षण में उसने डैन से यह कह डाला, और डैन ने हँसते हुए कहा, "राधिका, यह तो बिलकुल बच्चों की-सी बात हुई, कि तुम जब तक काम करोगी, तुम्हारे पिता कमरे में रहेंगे और तुम्हारी विमाता..."

राधिका ने एक वक्र-दृष्टि से डैन को देखा, "क्या कोई भी सम्बन्ध तुम्हारे लिए पुनीत नहीं है?"

पर डैन सदा सोचने को बाध्य करता है। डैन का ही आग्रह था कि पापा को सबकुछ बता दे, यह भी कि वह शिकागो में डैन की सहायिका के रूप में काम करना चाहती है।

पापा उत्तेजित कम ही होते हैं। जीवन के प्रति उनका दृष्टिकोण बहुत उदार और सुलझा हुआ है। एक व्यक्ति के पूरे विकास में वे दृढ़ विश्वास रखते हैं, इसीलिए राधिका पूरे नगर में स्वच्छन्द वायु के झोंकों की तरह डोलती फिरती है। पर राधिका की यह बात सुन जो विस्फोट हुआ, उसे वह बहुत समय तक नहीं भूलेगी। राधिका मूर्खता और अज्ञान में अपना जीवन नष्ट कर लेगी, पापा ने कई बार कहा। राधिका से यह सब सुना नहीं गया। एक ऐसी तिलमिलाहट और विद्रोह उसके मन में भर उठा

था, कि पापा की कोई बात, कोई सेंटीमेंट उसको नहीं छू पाया। वह बैठी-बैठी नाखूनों से कुर्सी खुरचती रही और ओठों में ही बुदबुदाती रही—लीजिए, अब आपने भी जान लिया न, डेढ़ वर्ष पहले विद्या से जब आपने विवाह कर लिया था, तब से मुझे कैसा लगता रहा है। सोचती रही और हैरत करती रही कि पापा की इस पीड़ा से वह रंचमात्र भी द्रवित क्यों नहीं हो रही है?

और उसे कुछ भी महसूस न करने की अवस्था में उसने थोड़ी-सी तैयारी की और घर से चली आई। विद्या इस सबके बीच एक शब्द नहीं बोली थी। वही उसके साथ स्टेशन भी आई। बहुत संक्षिप्त विदाई, दो-एक शब्द, पर राधिका उस समय डैन के बारे में सोचने लगी थी, जो कि एथेंस में उसकी प्रतीक्षा कर रहा होगा।

एथेंस से वे रोम गए थे, फिर लन्दन और वहाँ से सीधे शिकागो।

उस दिन हवाई जहाज आध घंटे तक शिकागो के अड्डे पर मँडराता रहा, एयरपोर्ट पर खचाखच भीड़ थी और जहाज को उतरने में देर लगी।

राधिका खिड़की से मुख सटाए, साँस साधे बाहर देखती रही—असंख्य रोशनियों को जो नीचे झिलमिला रही थीं। गगनचुम्बी अट्टालिकाओं से मण्डित बेहद विशाल नगर, बाईं ओर, कुछ आगे चलकर एक लाइट-हाउस जिससे कि राधिका ने जाना कि जहाँ रोशनियों की पाँत थम गई है और अन्धकार है, वहीं लेक होगी, लेक मिशिगन।

पास की सीट पर डैन बड़ा असम्पृक्त-सा झपक गया था। जहाज के बाहर पैर रखते ही हवा के झोंके ने राधिका को छुआ, खूब तीखी ठंडी हवा ने, जिससे वह एकदम काँप उठी। तब डैन की बाँह ने उसके कन्धों को घेर लिया।

डैन ने नया फ्लैट लिया था। उसकी पत्नी अब भी वाशिंगटन में रह रही थी।...मंजिल के इस फ्लैट की बालकनी लेक की ओर थी। अगली सुबह से राधिका के लिए अलग स्थान ढूँढा जाएगा। राधिका बालकनी में निकल आई और अन्धकार में ताकने लगी। लाइट-हाउस से तीव्र प्रकाश झर रहा था और अपेक्षाकृत शान्त वातावरण होने के कारण रह-रहकर बजते, भोंपू की आवाज भी सुनाई दे रही थी।

अन्दर डैन के कई मित्र मिलने आ गए थे, न जाने क्यों वह उनके सामने पड़ने से कतरा रही थी। सबकुछ कितना सुन्दर, कितना अद्भुत और नवीन था।

राधिका देर तक वहीं खड़ी रही, ठंड से रह-रहकर रोएँ खड़े हो जाते। पर वह अन्दर नहीं गई, फिर अचानक एक स्वर सुनकर वह चौंक गई, "आप यहाँ खड़ी हैं, अन्दर आपका इन्तज़ार हो रहा है।"

राधिका ने मुड़कर देखा। हिन्दी शुद्ध थी, उच्चारण निर्दोष। फिर कई लोग एक साथ बालकनी में आ गए और किसी ने कमरे का पर्दा खिसका दिया और राधिका के चारों ओर ढेर-सा प्रकाश बिखर गया।

डैन ने उसका परिचय कराया, मित्रों में एक लम्बा-सा भारतीय युवक भी था, शायद अपनी पत्नी के साथ। उसकी कौतुकभरी दृष्टि न सह पा राधिका दूसरों की ओर देखने लगी। डैन ने उसी युवक, मनीश, पर राधिका के लिए कोई कमरा ढूँढ देने का भार डाल दिया।

डैन के मित्र काफी देर तक बैठे रहे। वे साथ खाने-पीने की चीजें कॉफी, आदि ले आए थे। राधिका के बारे में उन्हें मालूम न था, मगर कई वर्ष बाद डैन के लौटने पर वे उसकी पहली शाम अकेले नहीं कटने देना चाहते थे। उन सबके बीच राधिका के मन पर से, जो कुछ छोड़कर आई थी, सबकी स्मृति मिट गई। अपने जीवन के एक नए अध्याय की शुरुआत पर वह उल्लसित थी। जब कमरा ढूँढने में मनीश ने ढील डाल दी, तब भी उसने अधिक चिन्ता न की। तब तक वह अगौर वर्ण वाले विद्यार्थियों की परेशानियों के बारे में काफी सुन चुकी थी, और साथ ही मन में एक छोटा-सा संशय भी था कि कहीं डैन ने ही तो, उसे बिना बताए मनीश को राधिका के लिए अलग जगह ढूँढने से मना तो नहीं कर दिया।

वर्ष पूरा भी नहीं हुआ था कि डैन ने उससे ठंडे, शान्त स्वर में बताया कि उसे एक बार फिर पूर्व में जाने का अवसर मिल रहा है, और वह सोच रहा है कि अपनी स्वीकृति दे दे। राधिका तब स्वतंत्र हो जाएगी और जैसे चाहेगी रह सकेगी।

राधिका को यह ग्रहण करने में समय लगा।

"तुम्हें नई तरह से एडजस्ट करने में समय लगेगा, मैं जानता हूँ, मुझसे छूटने पर दुख भी। तुममें युवावस्था की लचक है और तुम शीघ्र ही इस दुख पर विजय पा लोगी। मैं तुम्हें रिजेक्ट नहीं कर रहा हूँ, मुक्त कर रहा हूँ। तुम्हें अपने साथ चलने के लिए इस कारण नहीं कहता, क्योंकि तुमने कभी, एक क्षण के लिए भी प्यार नहीं किया। राधिका, तुम मुझमें अपना पिता ढूँढ रही थीं, वही पिता जिसे त्रास देने के लिए तुम मेरे साथ चली आई थीं। पर मैंने तुम्हारे पिता की जगह स्थापित नहीं होना चाहा, मैं तो स्वतंत्र व्यक्तित्व हूँ।"

कुछ रुककर, "और मैं तुममें अपना खोया यौवन ढूँढ रहा था। अपनी पत्नी के छोड़कर चले जाने की कड़ुवाहट धोना चाहता था, पर शायद हम दोनों सफल नहीं हुए।"

फिर डैन के मुख की रेखाएँ बड़ी कोमल हो गईं, "मैं तुम्हारे प्रति कृतज्ञ हूँ कि तुमने अपने युवा जीवन का कुछ समय मुझे दे दिया। तुमसे कहना भी चाहता हूँ कि तुम बड़े होने की चेष्टा करो और जीवन से भागो नहीं, उसे दोनों हाथ फैलाकर ग्रहण करो।"

राधिका जैसे पत्थर की मूर्ति। डैन जो कह रहा है, उसमें सच का एक बहुत बड़ा अंश है, यह वह समझ रही थी। 'पर मेरा क्या होगा,' यह प्रश्न बार-बार उसके ओंठों तक आ जाता, पर वह चुप रही।

"मैं तुम्हारे लिए कुछ प्रबन्ध कर जाऊँगा। मेरे मित्र भी देखते-भालते रहेंगे, तुम्हारे प्रति अपना उत्तरदायित्व निभाने से मैं भागूँगा नहीं।"

राधिका उस सबके लिए नहीं रुकी। जैसे पापा के घर से चली आई थी, उसी प्रकार डैन को भी छोड़ दिया। यदि उसने स्वेच्छा से डैन का संग चुना था, तो उस सम्बन्ध की समाप्ति पर वह उसका आभार लेने क्यों रुके। डैन ने कहा था कि वह उसे रिजेक्ट नहीं कर रहा, और उसके घर से चले जाने में राधिका के मन में यह भाव था कि लो, मैं ही तुम्हें छोड़कर जा रही हूँ। दुख, खेद, क्षोभ, खीज, रुलाई, आत्म-भर्त्सना का एक भारी ढेर हृदय पर रखा हुआ था, और ओंठ भिंचे हुए।

डैन ने उसे रोका भी नहीं। वह भी जानता था और राधिका भी, कि दोनों के मध्य क्या अभाव था। कितनी रातें डैन ने बैठक में सोफे पर

गुजारी थीं, कितनी बार डैन को सोफे पर छोड़ वह बालकनी में आकर खड़ी हो गई थी।

डैन जब उसे हिमकन्या-सी जमी हुई, और संगमरमर की प्रतिमा कहकर चिढ़ाता, तब भी राधिका एक कचोट के साथ समझ जाती कि इससे अधिक वह और कह ही क्या सकता है।

बाद में, मिसेज होमर के घर रहते हुए, राधिका प्रायः सोचती कि उसे कोई भी पुरुष आकर्षक क्यों नहीं लगता? क्या डैन सच कहता था कि अपने पिता के प्रति उसकी भावनाएँ एक मानसिक विकृति के रूप तक पहुँच गई थीं; और उसे कोई भी पुरुष पिता के सम्मुख नहीं जँचेगा। यदि कभी वह किसी के साथ डेट पर गई भी, तो एक सन्ध्या की शिष्ट औपचारिकता निभाने के प्रयत्न से ही लौटकर सिर में दर्द हो जाता।

अब, इतने समय बाद पापा और डैन, दोनों के ही प्रति कटुता का भाव मन से धुल चुका था, वह डैन के प्रति कुछ कृतज्ञ हो आई थी। डैन ने ही आँखों में उँगली चुभाकर हर चीज, हर सत्य को सही परिप्रेक्ष्य में देखने को बाध्य किया।

रज्जू मामा ने अपनी ओर से शायद उचित सलाह दी थी। बँधी हुई नौकरी करने के प्रति मन में सदा से अरुचि थी। पापा के पास भी अनिश्चित समय तक नहीं रह सकेगी। तब विवाह? पर उसे अब स्वीकारेगा भी कौन, न वही किसी अनजान पुरुष से सप्तपदी की रस्म पूरी करवाकर पत्नी बनना पसन्द करेगी।

क्या अक्षय? शायद इसीलिए विद्या ने स्वयं न आकर अक्षय को भेजा। क्या अक्षय उसके अतीत के बारे में जानता है?

विद्या।

विद्या के सामने पड़ते ही राधिका को हमेशा अस्वस्ति-सी होती थी, अभी से नहीं, सदा से। विद्या के मुख पर हमेशा जो बड़ा अलगाव-सा रहता था, एक जमी हुई भाव-मुद्रा, वह राधिका से सही नहीं जाती थी।

आहट पा विद्या बाहर निकल आई। राधिका देख रही है कि अब भी विद्या के चेहरे पर वही दूरी-सी है।

रुकोगी नहीं राधिका

शम्भू सामान उतार रहा है। चीजें राधिका के कमरे में रखने का आदेश दे, विद्या ने पूछा, "अक्षय मिला था?"

"हाँ।"

विद्या इस समय मूँगा सिल्क की साड़ी पर पश्मीने का शाल ओढ़े हुए थी। लम्बा, दुबला शरीर, ऊँचा माथा, पतले चेहरे पर खिंची-खिंची आँखें, खड़ी नाक और बेहद पतले ओंठ। बीच की माँग निकालकर दोनों ओर से सादे तरीके से बनाए गए बाल। मुद्रा पर प्राध्यापिका होने की गरिमा, और पहनने-ओढ़ने में आभिजात्य।

राधिका चढ़ते जाड़ों की उस सुबह बाहर पोर्च में खड़ी है। शम्भू से अपने कमरे में सामान लगाने का आदेश सुन एक नन्हा-सा विस्मय जाग उठता है। तो घर में अभी भी 'राधिका का कमरा' नाम का स्थान है। वह मेहमान-कमरा या भण्डार-घर या विद्या के पढ़ने का कमरा नहीं बना दिया गया है।

राधिका चारों ओर देख रही है। सिविल लाइंस को पीछे छोड़ शहर आगे बढ़ गया है और बच गया है एक उजाड़-सा वीरानापन। सभी बँगलों के आगे लम्बी-चौड़ी धरती थी, जिसमें अपने आप ही कुछ फूले तो रंग, गन्ध दिखे, नहीं तो रात-दिन सुनसान पड़ी सड़क पर धूल उड़ती रहे। पिछले दिनों में केवल बूढ़े माली को ही बगीचा सँवारने का शौक था, तभी आगे कुछ क्यारियों में जाड़े के फूल लगा दिया करता था, पीछे की ओर गाजर, टमाटर आदि कुछ खाने की चीजें। पर अब तो क्यारियाँ भी खाली पड़ी हैं, मेंहदी की बाड़ काफी छिन्न हो गई है, और बोगनबेलिया की रंगारंग लतरों को शायद भैंस, बकरियाँ खा गई होंगी। राधिका खड़ी है, और बीते समय का बोध तेज बहते पानी की तरह उसे कँपा रहा है। इस घर की धरती पर पैर रखते हुए ही हृदय में एक अजीब-सी छटपटाहट होने लगी है और जैसे तेज नाखूनों से परतें-की-परतें खुरची जा रही हैं।

विद्या ने बाएँ कन्धे से नीचे फिसलते शाल को सँभालकर ओढ़ते हुए कहा, "अन्दर चलो राधिका।"

राधिका ठिठक गई है। वह देख रही है कि उसे बैठक में बुलाया जा रहा है।

शम्भू आकर पूछता है, "आपके लिए चाय अभी लाऊँ या हाथ-मुँह धोकर लेंगी?"

शम्भू नया नौकर है तभी इतने आदर व औपचारिकता से बात करता है।

"अभी ही दे दो," विमनस्क हो राधिका कहती है। वह विद्या के साथ आकर बैठक में चली आई है, और एक दृष्टि चारों ओर डालकर बैठ जाती है।

दीवार पर एक नया तैल-चित्र है, गहरे, भूरे और स्लेटी रंगों की प्रधानता लिए हुए एक नई कांस्य प्रतिमा, शायद नेपाली पद्धति की। उसके अतिरिक्त इस धूप-खिली सुबह में भी, कमरे में एक धूमिलता, एक फीका-फीकापन।

"पापा कहाँ हैं?" राधिका ने पूछा।

विद्या ने उत्तर देने से पहले झुककर एक कुशन ठीक किया और कहा, "गंगापार वाली कोठी में।"

"अकेले?"

"नहीं, भवानी।"

शम्भू चाय की ट्रे ले आया। राधिका बीच में टूट गई साँस को दुबारा खींचती है। और अगला प्रश्न पूछने से पहले सोचती है कि पूछे या नहीं।

"कब से हैं?"

"काफी समय से," विद्या ने चाय छानना प्रारम्भ किया।

राधिका ने कुर्सी की टेक लगा ली। हाथ में चाय का प्याला थाम लिया। घूँट-घूँट चाय भी पीने लगी। गंगापार वाली कोठी भी, दूसरी जायदाद की तरह पापा को बाबा से मिली थी। राधिका ने सुना था कि अपने युवा दिनों में बाबा ने उस कोठी में एक तवायफ को रख छोड़ा था। कोठी भी उन्होंने उसी के लिए, शहर से दूर एकान्त में बनवाई थी। उस तवायफ की मृत्यु के बाद यह मुद्दत तक खाली पड़ी रही, और राधिका के बचपन में ही पापा ने गर्मियों में वहाँ जाना शुरू कर दिया था। एक विंग को सुधरवाकर अच्छे ढंग से सजाया गया और वहाँ जो राधिका का कमरा था, उसका द्वार

यदि खुला होता तो दूर गंगा पर लम्बा पुल दिखाई देता, और अक्सर रात में, बरामदे में बैठे रहने पर पुल पर से गुजरती रेल की रोशनियों और निस्तब्धता को बेधती हुई उसकी धड़धड़ाहट। अब वहाँ पापा को अकेले रहते हुए कैसा लगता होगा? मुमताज, जिसे बाबा ताजो कहकर बुलाते थे, पापा की युवावस्था तक जीवित थी, माँ को उसने मुँह-दिखाई में जड़ाऊ कंगनों की जोड़ी भेजी थी। बचपन में एक बार पापा से यह पूछने पर कि वह कैसी थी, पापा ने संक्षेप में कहा था, "सुन्दर! खूब गोरी, हँसमुख...!" और चुप हो आए थे। विद्या को पहली बार विमाता के रूप में देख राधिका ने सोचा था कि क्या ताजो भी ऐसी ही रही होगी।

"पापा इधर आते हैं?"

"बहुत कम। जरूरत की चीजें भवानी ले जाता है।"

"उन्हें..." राधिका रुकी फिर एक साँस में कह डाला, "मालूम है कि मैं आनेवाली हूँ!"

"भवानी परसों आया था। मैंने कहलवा दिया था," जिस तेजी से आँखों में आँसू भर आए उससे राधिका स्वयं अवाक रह गई। एकदम उमड़े और ढुलक गए। विद्या के आगे वह कभी नहीं रोई थी। कसकर ओंठ भींचते हुए उसने प्याला खट्-से नीचे रखा और बड़बड़ाती हुई अन्दर की ओर बढ़ने लगी। कुछ दूर गई और थमना पड़ा, क्योंकि पहले जहाँ दरवाजा था, अब किताबों की ऊपर छत तक चिनी हुई शेल्फ थी।

मुड़कर कुछ पीछे आने पर जिधर से शम्भू आया था, उधर ही से अन्दर जाकर राधिका अपने कमरे की ओर चली गई। और पलँग पर गिर गई। तीन-चार दिनों से जो दंश देता, टीसता, तिलमिलाता, कचोटता, छटपटाता था, अब वह एकाएक अनियंत्रता से फूट पड़ा था जिसके वेग के सम्मुख राधिका असहाय थी।

मध्याह्न की लौटती धूप से कमरा उज्ज्वलित हो आया है। राधिका अभी तक पलँग पर पड़ी हुई है। ग्यारह बजे उसने बाहर रिक्शे की घंटी सुनी थी, और विद्या का स्वर भी, शम्भू से कहते हुए कि वह ठीक से राधिका

को खिला-पिला दे। उसके बाद शम्भू के दरवाजा बन्द कर गुनगुनाते हुए अन्दर जाने की आहट थी।

राधिका अब हलकी है, एकदम रिक्त, भारहीन-सी महसूस करते हुए, सिर में केवल थोड़ा-सा दर्द है और हाथ-पाँव बिलकुल शक्तिहीन जान पड़ते हैं।

उसका यह कमरा। विद्या ने आते ही घर की काया पलट दी। माँ के जमाने का भारी-भारी फर्नीचर, अलमारियाँ, पलँग, मेजें, सभी तिरोहित हो गईं। विद्या को तोड़ने-फोड़ने की धुन-सी चढ़ गई थी। कहीं दीवारें गिराई गईं, कहीं नए दरवाजे लगे, कहीं दरवाजों को पाटकर खिड़कियाँ निकाली गईं। पुराने जमाने की बनी ऊँची-ऊँची छतों में फॉल्स सीलिंग लगीं। राधिका के कमरे से सटा ही तब पापा का शयन-कक्ष था, जिससे रात में डर लगने या जरूरत होने पर बिटिया उन्हें पुकार सके। विद्या ने उसे मेहमान कमरे का रूप दे दिया, और अपना शयन-कक्ष ठीक दूसरी ओर ले गई। राधिका ने हठ किया था कि उसका पोर्शन; एक कमरा संलग्न गुसलखाना, और बगीचे की ओर का बरामदा वैसे-का-वैसा ही रहे। उसे दीवारों पर चूने की पुताई पसन्द है, ऊँची-ऊँची छतें भाती हैं, और बरामदे के नक्काशदार खम्भे और उन पर चढ़े मार्शल नील भी।

अब राधिका देख रही है कि इस कमरे में भी फॉल्स सीलिंग लग गई है, दीवारें बहुत फीके फालसई रंग से पुती हुई हैं। कमरे का फर्नीचर वही है, अखरोट की लकड़ी का पलँग, शृंगार-मेज और एक अलमारी। दीवारें खाली हैं, शेल्फ़ में उसकी किताबें भी नहीं हैं। कमरे के एक कोने में उसका सूटकेस रखा हुआ था। अनमनी-सी राधिका ने जैसे अपने को ठेलकर उठाया। जाकर अलमारी खोली तो देखा, कि जो कपड़े छोड़ गई थी, वे दराजों में चुने रखे हैं। जैसे किसी ने उन्हें छुआ तक न हो। कितनी ही साड़ियों को वह भूल चुकी थी, ब्लाउजें कितनी पुरानी स्टाइल की मालूम होती थीं। चूड़ियों के डिब्बे में चूड़ियाँ, हरे रंग की दो-दो चार-चार। दराज में साड़ियों की तह के नीचे हाथ डालने पर उँगलियों ने एक माला के मनकों को छुआ। उसने एक मनका निकालकर देखा। अतीत में कब, किस अवसर पर यह माला खरीदी गई होगी, इसकी याद राधिका को अब बिलकुल नहीं

थी। राधिका ने फिर हाथ डालकर टटोला, इस बार हाथ में एक स्वर्ण-पदक आ गया। दराज खुली छोड़ राधिका पलँग पर आ बैठी, और उलट-पलटकर उस पदक को देखने लगी। उस वर्ष, विश्वविद्यालय की बी.ए. परीक्षा में सब छात्राओं में वह प्रथम आई थी। पदक पर उसका नाम खुदा हुआ था। उस वर्ष की, वह अल्हड़, अनजान और बड़ी गम्भीरता से जीवन को लेनेवाली राधिका का अब उसके अन्दर केवल आभास मात्र बचा था। वह सर्वप्रथम आएगी, इसकी न उसे आशा थी, न उसने कल्पना ही की थी। प्रथम श्रेणी आने लायक पर्चे अवश्य हुए थे, और परीक्षा-फल निकलने पर वह एक बड़ा शानदार भोज देंगे, यह पापा ने पहले ही कह दिया था। उन्होंने भोज भी दिया पर राधिका की सफलता के हर्षोत्सव में सम्मिलित होने में लोगों को कुछ और जिज्ञासा भी थी, पापा की नव-विवाहिता पत्नी विद्या को देखने की।

जब से आई है, राधिका बराबर अतीत को ही पुनः-पुनः उघाड़कर देख रही है। वहाँ, उस देश में न इतना खाली समय था, न हर समय याद दिलानेवाली परिस्थितियाँ। वहाँ तो हर समय राधिका अपने को किसी-न-किसी चीज में व्यस्त रखती थी, इतना कि शरीर यंत्रवत् चलता रहे और इतना थक जाए कि रात में बिस्तर पर लेटते ही नींद आ जाए। अगर किसी दिन हृदय विद्रोह ही कर उठे, और मन विगत को सोचने में उलझ ही जाए, तो नींद की दो गोलियाँ ले ली जाएँ। जब सारे वृक्ष नग्न शाखाएँ लिए भीषण सर्दी में ठिठुरे, चारों ओर केवल हिम का कारागार हो, और किसी उष्ण जगह लेटकर देर तक आँखें बन्द करने की तबीयत हो, तो उस अवसाद को कम करने के लिए भी, भोजन के बाद गोलियों की सहज व्यवस्था। पर यहाँ राधिका अपने को हर अपने सम्बन्धों, परिवेश और भावनाओं में इतना पृथक पाती है कि बैठकर घावों के खुरंड उलेचने के अतिरिक्त और करे भी क्या।

राधिका की मुट्ठी में स्वर्ण-पदक है और वह उस वर्ष की गर्मियों को एक बार फिर मन में दोहराने लगती है।

रुकोगी नहीं राधिका

राधिका की परीक्षा समाप्त होने पर मसूरी जाने का प्रबन्ध पापा ने पहले ही कर दिया था। बहुत वर्षों से मसूरी गए भी नहीं थे, और शायद जाते भी नहीं, यदि भाभी बार-बार राधिका को अपने साथ कहीं ले जाने का आग्रह न करतीं। उनका कहना था कि पापा और बड़'दा, दोनों ही अपने-अपने कामों में इतने मसरूफ़ रहते हैं और राधिका बड़ी होती जाती है, किसी को खयाल नहीं कि ब्याह-शादी की बात करें। गर्मियों में पहाड़ों पर कितनी चहल-पहल रहती है और चार भले लोगों से मिलना-जुलना हो जाता है।

भाभी की संरक्षकता में गर्मियाँ बिताना राधिका के लिए सज़ा हो जाएगी, शायद इसी विचार से पापा ने स्वयं मसूरी जाने का प्रबन्ध कर लिया। कैमल्स बैक रोड पर अपनी एक कॉटेज थी, जहाँ पापा बरसों से नहीं गए थे, उस साल उसे ही मरम्मत करवाकर ठीक करवाया और भवानी को साथ लेकर, अप्रैल के शुरू में ही चले गए। राधिका उनसे अधिक साथ की अपेक्षा न करे, ये पहले से ही उन्होंने जता दिया। उनकी एक पुस्तक छप रही थी, और वे उसी को लेकर व्यस्त रहेंगे।

राधिका के लिए यह कोई नई बात न थी। वैसे तो पापा ने बाबा की इच्छानुसार वकालत पढ़ी भी थी, गेट पर उनके नाम का धूमिल तख्ता अभी कुछ दिन पहले तक लटकता रहा था, पर वकालत करने में कभी भी उनका मन लगा हो, ऐसा उसने कभी नहीं सुना। बाबा अपने समय के बड़े प्रसिद्ध वकीलों में थे और समृद्धि स्वरूप शहर में दुकानों की एक पाँत, और यहाँ-वहाँ तीन-चार घर छोड़ गए थे। उनके जीवनकाल में ही पापा ने साहित्य और कला पर लेख आदि लिखना प्रारम्भ कर दिया, परन्तु राधिका की माँ की मृत्यु के बाद तो उनका सारा समय ही उसमें लगने लगा। वर्षों तक जीवन का क्रम इसी प्रकार चलता रहा। बड़'दा शिमले के स्कूल में पढ़ते रहे और राधिका नौकरों और आयाओं से घिरी, पापा के साथ सिविल लाइंसवाले, बड़े-से, पुराने बँगले में रहती रही। गर्मियाँ आतीं, तो गंगापारवाली कोठी में चले जाते, जहाँ राधिका की दोपहरें बाग में कच्चे आम या फालसे तोड़कर खाने में बीततीं।

मसूरी की भीड़भाड़ में राधिका का मन बेहद रम गया। कॉटेज के निकट ही विद्या अपनी छोटी बहन रमा और वृद्धा माँ के साथ ठहरी थी।

रमा राधिका की समवयस्का थी और हर साल मसूरी आने के कारण उसके परिचितों का दायरा बहुत लम्बा-चौड़ा। राधिका उसमें सोत्साह सम्मिलित हो गई। वह जानती थी कि काम करते हुए पापा किसी प्रकार का व्याघात नहीं पसन्द करते, इसलिए राधिका के अधिकतर बाहर रहने से उन्हें घर में थोड़ी-सी शान्ति मिलेगी। फिर, घर में पुराना नौकर भवानी था, जो कि पापा की खाने-पीने की सारी आवश्यकताओं की पूर्ति कर सकता था।

भवानी ने ही सबसे पहले बड़बड़ाना शुरू किया। "सारा-सारा दिन यहीं बीतता है, साहब से हरदम बतियाती रहती हैं। काम-धाम सब बन्द पड़ा है।"

"कौन?" राधिका सुबह की चाय पी रही थी। गहरी नींद का नशा अब भी उसके ऊपर था, बाईं बाँह शिथिल-सी रजाई के ऊपर पड़ी थी, रजाई की ठंडी साटन को महसूस करती हुई। पिछला पूरा दिन केंपटी फॉल की पिकनिक पर बीता था और पैर अब भी थोड़ा-थोड़ा दुख रहे थे।

"वही विद्या और कौन?" भवानी ने कहा और झाड़न से धूल पोंछने लगा।

"ओह, विद्या," राधिका हँस दी। विद्या के कमरे में आते ही रमा की सहेलियाँ एकदम चुप हो जाती थीं और वह सन्नाटा तब तक रहता जब तक विद्या चली न जाती। रमा से कुछ वर्ष बड़े होने पर भी उसके स्वभाव में बिलकुल फर्क था, कम बोलती, कम हँसती। वही विद्या पापा का समय नष्ट करती है, यह जानकर राधिका को हँसी आई, यद्यपि पापा और विद्या के बीच किताबों का आदान-प्रदान होता रहता है, इसे वह जानती थी।

कुछ सप्ताह बाद, जब वह रमा और अन्य परिचितों के घर में सारे दिन ब्रिज खेलकर लौटी तो, पापा उसकी प्रतीक्षा में बाहर बरामदे में ही टहल रहे थे।

राधिका दूर से ही देखकर धक्-से रह गई। वह पूरा दिन बाहर बिताकर आई है, यह बात भवानी ने पापा के कान में फूँक दी होगी और अब पड़ी डाँट!

वह कुछ देर बरामदे में रुकी। पापा ने उसे पास पड़ी कुर्सी पर बैठने का संकेत किया। पापा ने टहलना बन्द कर दिया और पाइप के लम्बे-लम्बे कश लेते रहे। वह कुछ कहने के लिए उचित शब्द ढूँढ़ रहे थे, राधिका अपने नाखूनों की ओर ताकती रही। पापा के भर्त्सना के कुछ शब्दों के लिए पूरी तरह प्रस्तुत थी।

"बेटी, अगले सप्ताह विद्या और मैं विवाह करने जा रहे हैं।"

राधिका ने चौंककर पापा की ओर देखा। क्षणांश में उसके ऊपर से एक तूफान गुज़र गया। बाहर पहाड़ों के ऊपर गहरा नीला आकाश था, बरामदे के बाहर जीनिया के बड़े-बड़े फूल, कुर्सी की बेंतों में उँगलियाँ फँसाकर राधिका ने अपने को संयत किया।

फिर वह बिना कुछ कहे उठी और अपने कमरे में चली गई। कुछ देर बैठने के बाद वह उठी और अलमारी से कपड़े निकालकर पलँग पर रखने लगी।

पापा से जब भी वह नाराज़ होती, तभी घर छोड़कर भाग जाने की धमकी देती। वह मौसी के पास चली जाएगी, या बड़'दा के होस्टल पर वह कब्भी...कब्भी पापा के पास नहीं रहेगी! अलमारी के नीचे से वह अपनी अटैची निकालती और उसे पैक करने लगती। अपना मंजन, ब्रुश, कंघा, रिबन, दो-एक खिलौने, कुछ कपड़े, यह सब बड़ी सावधानी से रखा जाता और अपने छोटे-से बटुवे के पैसे एक बार गिनकर वह कमरे के किवाड़ बन्द कर जब बाहर निकलने लगती, तो पापा हमेशा स्टडी से निकलकर उसे गोद में उठा लेते।

एकाध आँसू गिराकर राधिका मान जाती, और पापा उसे वापस ले आते और उसे मनाने के लिए हमेशा कुछ-न-कुछ भेंट देते, जैसे कि तस्वीरोंवाली एक नई किताब, या राधिका के प्यारे पिल्ले के लिए स्वेटर बुनने का ऊन, या एक सप्ताह तक रोज रात में एक कहानी पढ़कर सुनाने का वादा।

अब वह नहीं हो सकता। पापा विद्या से विवाह करना चाहते हैं। और यदि राधिका घर से चली भी जाएगी, तो शायद वे रोकेंगे नहीं; क्योंकि वे जानते हैं कि राधिका कहीं भी नहीं जा सकती।

जा क्यों नहीं सकती, राधिका ने मन में सोचा, उसने बी.ए. का इम्तहान दिया है, पास तो हो ही जाएगी, फिर वह नौकरी कर लेगी, कहीं रिसेप्शनिस्ट या एयर-होस्टेस या सेल्स-गर्ल।

इससे पापा को कितना आघात पहुँचेगा--वह यह भी जानती थी, और उस समय वह यही चाहती थी, पापा को दुगुने वेग से आघात पहुँचाना। वह पुरानी आदत के अनुसार पहले गुसलखाने से मंजन ब्रुश ले आई और फिर ड्रेसिंग टेबल से चीजें समेटने लगी।

"राधिका!"

उसके दरवाजे पर विद्या खड़ी थी।

"मेरे कारण तुम्हें घर छोड़कर जाने की जरूरत नहीं है," विद्या ने कहा।

तब राधिका ने घूमकर विद्या का सामना किया। सदा संयत दीखनेवाला विद्या का चेहरा इस समय भी बड़ा सधा हुआ था।

राधिका ने बहुत-कुछ कहना चाहा, पर उसका गला रुँध आया। दो क्षण के बाद उसने विद्या की ओर पीठ कर ली और उसके हाथ व्यस्त हो गए।

"क्या हम दोनों अच्छे मित्रों की तरह नहीं रह सकते?" विद्या ने मन्द स्वर में पूछा।

"मुझे मित्र नहीं चाहिए," राधिका ने भिंचे गले से कहा।

"मेरी बात सुनो।"

"आप बेकार ही अपना समय बर्बाद कर रही हैं," राधिका चाह रही थी कि उसकी आवाज में खीज और रुलाई न हो। पर वह सफल न हुई।

विद्या के चले जाने के बाद वह कुर्सी पर बैठ गई और आँचल से उसने मुँह ढाँप लिया। पलँग पर उसकी चीजें बिखरी रहीं।

वह जान रही थी कि अब कभी भी कुछ पहले जैसा नहीं हो पाएगा। उसे बार-बार आश्चर्य होता कि पापा को विवाह की बात सूझी

ही कैसे? कम-से-कम बीस वर्ष तो वे बड़े होंगे ही विद्या से, और विद्या भी, यह जानते हुए कि पापा की बड़ी-बड़ी दो सन्तानें हैं, इस विवाह पर...।

भवानी ने आकर उससे पूछा कि वह रात को भोजन क्या करेगी। साहब तो विद्या बीबी के घर आमंत्रित हैं और कुछ देर पहले साथ-साथ नीचे चले भी गए हैं।

"कुछ नहीं," राधिका के कहने पर भी वह गया नहीं और सामान को बिखरे देख पूछने लगा, "कहीं बाहर जा रही हो?"

"हाँ!"

"कहाँ?"

इसका उत्तर राधिका के पास न था। फिलहाल उसने बड़'दा के पास ही जाने को सोचा था। बड़'दा इस विवाह को न होने देंगे। ऐसा उसका विश्वास था।

"बस तो कल सुबह मिलेगी," भवानी ने कहा।

"कल ही जाऊँगी," राधिका ने कहा।

"तो तनिक बाहर जाओ। बिस्तर वगैरह ठीक कर दें।"

राधिका को उठना पड़ा। वह बरामदे में आकर खड़ी हो गई। खूब नीचे रिबन की तरह सड़क पड़ी थी और छोटे-छोटे पुतलों की तरह लोग आ-जा रहे थे। अभी सुबह तक वह स्वयं इस स्वतंत्र, निश्चिन्त जन-समूह का एक भाग थी, वह सुबह अब कितनी दूर, किसी और जन्म में घटित-सी लग रही थी। नीचे घाटी में कहीं-कहीं बत्तियाँ जलने लगीं। राधिका के देखते-देखते ही सारी पहाड़ी सड़कों पर बिजलियाँ जल उठीं, एक साथ।

राधिका ने एक-दो बार लम्बी साँसें लीं, पापा केवल पिता, लेखक, वकील बनकर ही सन्तुष्ट नहीं थे, यह उसके सामने स्पष्ट था। वे जीवन में परिपूर्णता चाहते थे, एक युवा शरीर का साथ, और इसी बोध से राधिका के मन में घोर वितृष्णा भर उठी। यह उन्हें सूझी क्या, राधिका ने कई बार सोचा, अगर उनकी मनोनीता प्रौढ़ा आयु की, वात्सल्य से पूर्ण स्त्री होती, तो शायद राधिका उसे स्वीकार भी कर लेती। पर विद्या? विद्या औसत स्त्रियों

से अपेक्षाकृत लम्बी थी, और साड़ी बहुत सावधानी से बाँधती थी, जिससे कि उसके शरीर की सानुपातिकता और भी स्पष्ट हो जाए, यह बात रमा की सभी सखियों ने नोट की थी। साथ ही अधिक रूप से स्वतंत्र होने के कारण उसके कपड़े काफी महँगे पर सुरुचिपूर्ण होते थे, इस पर भी उनका ध्यान गया था। जीजी को कोई पुरुष अपने उपयुक्त नहीं जँचता, रमा ने यह कई बार कहा था।

बहुत न-न करने पर भी भवानी ने थोड़ा-सा वेजिटेबल सूप लेने पर बाध्य कर ही दिया। ठंड बढ़ जाने पर भी राधिका अन्दर नहीं गई, पाँव समेटकर कुर्सी पर ही बैठी रही। भवानी शाल दे गया, उसे खोलकर उसने अपने को ढाँप लिया। वह चाहती थी कि पापा जब खूब, खूब देर में लौटें, तो उसे ऐसे ही बैठा पाएँ और तब समझें कि उन्होंने उसे कितना आहत किया है। दूसरी ओर मन में यह भाव भी था कि वह दयनीय स्थिति में अपने को दिखाकर क्यों उनमें करुणा जगाना चाहती है? क्यों नहीं वह उन्नीस साल की स्वतंत्र युवती की तरह सूटकेस लेकर कहीं चली जाती? बिना अपना पता-ठिकाना दिए। तब पापा को पता चलेगा।

बैठे-बैठे वह अन्त में सो ही गई। शायद पापा जल्दी ही लौट आए होंगे, क्योंकि उसे ऐसा लगा कि उसकी पलकें केवल पाँच मिनट झँपी हैं, पर कुर्सी पर बैठे-बैठे उसका सारा बदन अकड़ गया था।

"बेटा राधिका!" पापा ने बहुत मन्द स्वर में कहा।

राधिका ने पाया कि उसका दायाँ पैर सुन्न हो गया है।

"अन्दर चलकर ठीक से सोऽओऽ। यहाँ ठंड लग जाएगी," कहकर उन्होंने बरामदे की बत्ती जला दी।

राधिका ने उठने की कोशिश की, पर लड़खड़ा गई। फिर वह दायाँ पैर घसीटती हुई अपने कमरे की ओर बढ़ी।

पापा उसके साथ आए। आकर कुर्सी पर बैठ गए। "मैं चाहता हूँ कि तुम विद्या से सभ्यता से व्यवहार करना सीख लो। तुम दोनों को अब साथ ही रहना है।"

राधिका ने आहत आँखें उठाईं। कुछ समय पहले, अँधेरे में पापा का स्वर सुनकर उसे लगा कि पापा अच्छी तरह समझ रहे हैं कि उनकी बात

से राधिका के जीवन में भूकम्प-सा आ गया है। पर पापा के इस स्वर ने उसका वह भ्रम दूर कर दिया।

"मैं अब आप लोगों के साथ नहीं रहूँगी" उसने कुछ तीखे स्वर में कहा।

पापा उसकी ओर सीधी दृष्टि से देखते रहे। फिर उन्होंने उठते हुए बड़े सन्तुलित स्वर में कहा, "मुझे आशा है कि तुम जल्दबाजी में कुछ न करोगी।" अपने पीछे उन्होंने राधिका के कमरे के दरवाजे उढ़का दिए और उनके पदचाप दूर होते गए।

बड़'दा और भाभी की विभिन्न प्रतिक्रियाएँ हुईं। भाभी, जिन्हें हमेशा यह भय था कि कहीं पापा या राधिका उनके पास आकर जम न जाए, शायद कुछ आश्वस्त हुई। बड़'दा को खबर मिली थी, पर वे विद्या के बारे में कुछ भी नहीं जानते थे, फिर वे अपने ससुराल के बिजनेस में इतना लिप्त थे कि पापा से उन्हें लेना-देना ही क्या था। इसी व्यावहारिक बुद्धि के वश उन्होंने राधिका को राय दी कि वह लौटकर एक अच्छी लड़की की तरह घर में रहे। उन्हें पापा का इस आयु में विवाह करना अच्छा नहीं लगा था, पर वे इस बात का कसकर विरोध भी नहीं करना चाहते थे। राधिका ने कुछ दिन रहने के बाद अनुभव किया कि भाभी जब-तब यही प्रसंग छेड़ देती हैं कि अब राधिका को पापा के पास ही रहना चाहिए।

इसी बीच राधिका का परीक्षाफल आ गया और वह आशानुसार प्रथम श्रेणी में उत्तीर्ण भी हो गई। बड़'दा के घर इस बात का कोई प्रभाव नहीं पड़ा। हाँ, शाम तक बधाई का एक तार अवश्य आया, विद्या की ओर से। और कुछ दिनों बाद ही एक पार्सल भी, जिसमें एक साड़ी थी। राधिका ने पार्सल खोलकर वैसे ही छोड़ दिया, यद्यपि भाभी कई दिन तक उसी डिजाइन की साड़ी की तलाश में डोलती रहीं।

"अब आगे क्या करोगी?" एक दिन शाम को लॉन में बैठे हुए बड़'दा ने पूछा।

बड़'दा की यह कोठी हाल ही में बनी थी, वे लॉन में भी बैठते, तो कोठी की तरफ मुँह करके। लॉन की घास की कटिंग उन्होंने एक

ऐसी एग्रीकल्चरल इंस्टीट्यूट से मँगाई थी, जहाँ घास हमेशा न्यूयार्क से आती थी। लॉन सचमुच बढ़िया था, पन्ने के रंग का दूर तक फैला मुलायम-गलीचे-सा।

बड़'दा विदेश-यात्रा के बाद से रोज शाम स्कॉच पीने लगे थे। इस समय उनका दूसरा दौर चल रहा था। भाभी वहाँ नहीं थीं।

"मैंने अभी कुछ सोचा नहीं है," राधिका ने कहा।

"तुम्हारी भाभी की राय है कि तुम्हारा विवाह हो जाना चाहिए। मैं खुद भी सोचता हूँ कि पापा को इस विषय में लिखूँ।"

राधिका ने कुछ नहीं कहा। चुपचाप दूर चहारदीवारी को ताकती रही।

"मुश्किल तो यह है कि इन सब बातों में समय लगता है। तब तक तुम्हारा खाली बैठना भी ठीक नहीं।"

राधिका ने उनकी बात सुनना छोड़ दिया। उनका आरेंज स्क्वाश देर का खत्म हो चुका था। पी लेने के बाद बड़'दा का चेहरा प्रायः लाल हो आता था, और उन्हें बार-बार माथे का पसीना रूमाल से पोंछना पड़ता था। राधिका को लगा कि बड़'दा कभी-कभी पापा से बहुत मिलते हैं, पर पापा के चेहरे पर जो परिष्कार है, वह आराम से जी हुई जिन्दगी के कारण बड़'दा में नहीं आ पाया है। विवाह उनका इंजीनियरिंग कॉलेज से निकलते ही हो गया था। अब उनके दो बड़े-बड़े बच्चे थे, वीणा और विवेक। भाभी पिता की अकेली सन्तान हैं, और बड़'दा ने विवाह के बाद से ही ससुर का कारबार सँभाल लिया। दो मिलें, एक शुगर फैक्ट्री, ट्रकें, सिनेमा हाउस, और भी न जाने क्या-क्या। बड़'दा का विवाह भी पापा का कराया हुआ नहीं था। इसी तरह उन्होंने भी अचानक सूचना दी थी कि उन्हें एक लड़की पसन्द आ गई है, और वे शीघ्र ही विवाह करना चाहते हैं। पापा राधिका को लेकर जब विवाह में सम्मिलित हुए, तो राधिका भाभी को देख बार-बार यह सोचती रही कि पसन्द आने लायक बात बड़'दा को क्या लगी? यह बात नहीं कि वह देखने-सुनने में अच्छी न थीं, पर प्रारम्भ से ही, पिता जी की अकेली बेटी होकर बेशुमार दौलत लाने का जो अहंकार उनमें था, वह राधिका से सहा न जाता।

पापा की कई चिट्ठियाँ बड़'दा के पास आईं कि राधिका को अब चले आना चाहिए। यूनिवर्सिटी में अगर आगे बढ़ना है, तो अभी से विषय आदि निश्चित करना होगा। देर करने से बाद में झंझट ही होगा। चूँकि पत्र बड़'दा को लिखे गए थे, इसलिए राधिका ने उनका उत्तर नहीं दिया।

मसूरी से लौटते हुए पापा विद्या के साथ कुछ समय को बड़'दा के पास रुके।

विद्या के सामने पड़ बड़'दा कुछ अप्रतिभ से हो जाते हैं यह देख राधिका को बड़ा आनन्द आया। भाभी तो जैसे बौखला ही गई थीं। उनकी सारी शान-शौकत से विद्या बिलकुल अप्रभावित-सी ही जान पड़ती थी। फिर इस शान्त रूप, उज्ज्वल दीप शिखा-सी समवयस्का सास की कल्पना उन्होंने भी न की होगी।

जब पापा ठीक सामने न होते, तो राधिका उनके मुख पर यह खोजने का प्रयत्न करती कि क्या वे सचमुच सुखी हैं। उनके चेहरे में उसे कोई अन्तर न दीख पड़ता, वही प्रशस्त ललाट, घनी भौंहों के नीचे प्रतिभा दीप्त आँखें, आँखों के आसपास नन्हीं-नन्हीं असंख्य सिकुड़नें, वही विचार-मग्न मुँह और जब कभी मुस्कराना, तो पूरे चेहरे पर धवल ज्योति का बिखर जाना।

एक सन्ध्या वे सभी लॉन में बैठे थे, सिवा राधिका के, जिसे भाभी ने नौकर भेजकर बुलवा लिया था। वह कुछ अनखाकर उठी थी। अँधेरे एयर-कंडीशंड कमरे में पड़ा रहना उसे अच्छा लगता था और फिर वह पापा के और विद्या के सामने पड़ना भी न चाहती थी।

वह आकर कुछ अलग पड़ी कुर्सी पर बैठ गई। सुबह से ही वह हल्के रंग की आरगंडी की साड़ी पहने थी, जो इस समय तक काफी सिलवटों से भर गई थी। विद्या और भाभी दोनों ही अपने-अपने अनुसार काफी बनी-सँवरी थीं। विद्या सफेद चिकन की साड़ी व ढीले-ढाले जूड़े में, भाभी ने इस समय कुछ अधिक ही मेकअप थोप लिया था।

"हम लोग तुम्हारे विवाह की बात कर रहे थे" यह सुनकर राधिका ने भाभी की ओर देख-भर लिया।

"इनका..." बड़'दा का इशारा विद्या की ओर था, वे असमंजस में रुक गए थे कि पिता की पत्नी को क्या कहकर सम्बोधित करें। "इनका कहना है कि ऐसे जल्दी में किए गए विवाह से शायद तुम सुखी न हो, क्योंकि...क्योंकि...," बड़'दा रुक गए।

"यह प्रायः देखा गया है कि जो लड़कियाँ इलेक्ट्रा कांप्लेक्स से ग्रसित होती हैं, वे विवाह करके सुखी नहीं होती," विद्या ने धीरे-धीरे समझाकर कहा।

राधिका को एकदम क्रोध चढ़ आया, पर वह कुछ बोली नहीं। तभी उसकी दृष्टि पापा से मिल गई। पापा गम्भीर थे, पर उनकी आँखों में एक पिघलतापन था, जिसमें उनकी पुतलियाँ डूबी हुई थीं। पहले हमेशा दोनों के बीच एक दूसरी, मौन भाषा थी, जैसे कि दोनों के मस्तिष्क एक ही वेव-लेंग्थ पर हों, पर अब पापा ट्यून-इन नहीं थे, वे दूर थे, सबसे अलग, और अपने में डूबे हुए।

"मैं अभी विवाह करना नहीं चाहती," राधिका ने दृढ़ स्वर में कहा।

विद्या और भाभी के बीच एक बड़ा अर्थभरा दृष्टि-दान हुआ।

तब पापा ने थोड़ा-सा खँखारकर गला साफ किया और कहा, "राधिका, मैं चाहता हूँ कि तुम हमारे साथ चलो।"

राधिका भक्-से जल उठी, "जो आप चाहते हैं वही हमेशा क्यों हो? क्या मेरी इच्छा कुछ भी नहीं है? मैं आपकी बेटी हूँ, यह ठीक है, पर अब मैं बड़ी हो चुकी हूँ और मैं जो चाहूँगी वही करूँगी।"

पापा चौंके, फिर उनका चेहरा कड़ा हो आया। राधिका ने कभी ऐसे उलटकर जवाब नहीं दिया था।

"राधिका," वर्जना के स्वर में बड़'दा ने कहा।

"बस, बहुत हो चुका। आपने अपनी इच्छाओं के सामने कभी मेरी खुशी का खयाल नहीं किया। बस, अब आप सब लोग मुझे अकेला छोड़ दें," वह आवेश में उठकर चली आई। भावावेग से उसे अपने गाल बेहद तपते हुए लग रहे थे। राधिका ने जाकर कपड़े उतार फेंके और स्नानागार में ठंडे पानी की फुहार के नीचे जाकर खड़ी हो गई, फिर भी क्रोध का ताप न मिटा।

बाद में वह पापा के पास ही गई। पर तब, जब कि विद्या ने उसे स्वयं पत्र लिखकर बुलाया, तब तक भाभी भी काफी परेशान कर चुकी थी और राधिका के पास कोई और चारा न था।

यह बात नहीं कि गंगा पार वाली कोठी का रास्ता बड़ा दुरूह है, या राधिका जाना नहीं चाहती, फिर भी, इरादा करते-करते उसे दो-तीन दिन लग ही गए। और इस बीच मिलनेवालों का एक ऐसा ताँता कि राधिका की बिलकुल इच्छा न होते हुए भी अपना सामाजिक दायित्व निभाना ही पड़ा। शम्भू शायद, नाश्ता-चाय देते-देते थक गया होगा। विद्या कम ही बाहर आई, जब तक कि मिलनेवाले खास उसके भी परिचित न हुए। अधिकतर राधिका की पुरानी सहपाठिनियाँ, फिर मोहल्ले-पड़ोस के लोग, और तब दूर के सम्बन्धी, और उन्हीं से मिलना राधिका को थोड़ा 'टीडियस' लगा। रिश्ते की ताई अपनी बहुओं और पोतों को लेकर आईं और पूरे दिन रहीं। बीच-बीच में राधिका से पूछ लेती कि खाने-पीने की चीजों का वहाँ क्या भाव है? सिगरेट, शराब तो राधिका पीने ही लगी होगी, और क्यों, क्या वहाँवाले भी ऐसा ही रद्दी, लाल गेहूँ खाते हैं या अच्छा अपने लिए रख सड़ा-गला इधर भेज देते हैं? तीसरे पहर उनके झपक जाने पर भाभी पास सरक आई और पूछा, "अच्छा बीबी, इतने दिन उस मर्द के साथ रहकर भी बाल-बच्चों से कैसे बरी रहीं?" और मौका मिलने पर उसके पति ने भी जैसे चटखारे लेते हुए पूछ लिया कि क्या वहाँ सचमुच ऐसे क्लब हैं जहाँ लोग पत्नियाँ सप्ताहान्त के लिए बदल लेते हैं?

ताई के जाने के बाद राधिका ने बफरिन की दो गोलियाँ खाईं कि तनाव और सिर दर्द कुछ कम हो और निश्चय कर लिया कि जैसे भी हो अगली सुबह वह अवश्य पापा से मिलने चली जाएगी। और रात के भोजन पर उसने विद्या से पूछ भी लिया कि कोई विशेष चीज पापा को तो नहीं भेजनी है? उस समय विद्या ने कुछ नहीं कहा, पर सुबह उठकर राधिका ने पाया कि न केवल विद्या ने स्कूटर-रिक्शा बुलवा लिया है; बल्कि स्वयं साथ जाने को तैयार है।

एक क्षण राधिका ने चाहा कि वह फिर सिर दर्द का बहाना कर रुक जाए। वह विद्या की उपस्थिति नहीं चाहती थी, पर दूसरे ही क्षण वह इस

पलायनवादी झिझक से उबर गई, और बड़े संयत-भाव से जाकर स्कूटर में बैठ गई। एक शारदीय प्रभात था और पनसुट्टी की शाखाओं पर धूप लेटी हुई थी, हल्की हवा सामने के नन्हें से हरसिंगार को बार-बार हिलाती। हर बार एक-दो अटके हुए फूल नीचे गिर जाते। सड़क पर जाती हुई दो भैंसों में से एक ने रुककर बड़ी बेफिक्री से कनेर के वृक्ष पर एक-दो मुँह मार लिए और फिर आगे बढ़ गई। जबसे आई थी, राधिका पहली बार घर से निकल रही थी। अशोक वृक्षों की पाँत, पीपल के नीचे सिन्दूर पुते हुए हनुमानजी, मंथर-गति से लौटते स्नानार्थी और मकानों पर के परिचित नामों के तख्ते पढ़कर उसे बड़ा मधुर-सा विस्मय होता। रास्ते में जब दो ऊँट भी मिले, तो स्कूल के दिनों की तरह उसने मन में कामना की, पापा से मेरा मिलना ठीक तरीके से हो जाए। फिर उसे अपने ऊपर हँसी आ गई कि भला मनोकामना पूरी होने में बेचारे ऊँट क्या करेंगे, पर यह विश्वास वैसा ही मन में जमा हुआ था, जैसे कि मन्दिर में साड़ी का चीर या किसी पीर की समाधि पर धागा लटकाना।

अन्दर गेट में स्कूटर मुड़ा ही था कि राधिका ने देख लिया कि पापा सामने ही टहल रहे हैं। उन्होंने इधर देखा और रुक गए। राधिका ने एकदम पास पहुँचने से पहले ही ड्राइवर को रोकने को कह दिया, और पूरी तरह रुकने से पहले ही उतर गई, विद्या ने उसे अजीब-सी दृष्टि से देखा है, यह जानते हुए भी वह हड़बड़ाते हुए पिता की ओर बढ़ गई।

पापा वहीं रुके खड़े रहे, राधिका ने पास पहुँचकर नमस्कार करते हुए भरपूर दृष्टि से पिता के मुख को देखा—एक झटके के साथ यह महसूस करते हुए कि वे पहले से काफी दुर्बल और वृद्ध से दीख रहे हैं, बाल करीब-करीब सभी पक गए हैं, आँखों के नीचे काले साए हैं, और चेहरे पर एक थकापन-सा है, इस ताजी सुबह भी।

"आप क्या बीमार थे?" राधिका ने ही पहले बात शुरू की।

"नहीं," थोड़ा-सा अन्तराल, "रास्ते में तकलीफ तो नहीं हुई?"

उनके स्वर की दूरी और औपचारिकता से राधिका के पूरे शरीर में हताश कम्पन दौड़ गया। पर उसने प्रसन्नता को अपनी आवाज में भरने की चेष्टा करते हुए कहा, "नहीं, तकलीफ क्या होती?" तब तक विद्या भी

स्कूटरवाले को विदा कर पास आ गई। पापा ने उसकी ओर उन्मुख होकर कहा, "देखो, ज़रा नाश्ते का प्रबन्ध करवाओ। भवानी अन्दर ही होगा।"

बिना कुछ कहे विद्या अन्दर की ओर चली गई। पोर्च के सामने एक बेंत की पुरानी-सी कुर्सी पड़ी थी, पापा ने कहा, "बैठो।"

"आप बैठिए," और तभी एक दूसरी कुर्सी लिए अन्दर से भवानी आता दिखाई दिया।

"नमस्ते भवानी!"

"जीती रहो बिटिया। मैं तो आज खुद ही शहर आनेवाला था। अच्छा हुआ तुम्हीं आ गईं।"

कुर्सी रखकर भवानी ने झाड़न से पोंछी और हर्ष-भरी मुद्रा से पास खड़ा हो गया।

"अच्छी तरह रहे भवानी?"

"हाँ बिटिया। तुम ठीक-ठाक हो? पहले से दुबली हो गई हो!"

पापा की ओर दृष्टि डालते हुए राधिका ने कहा, "मैं तो वैसी ही हूँ। पर पापा की ठीक देख-भाल नहीं करते क्या? पापा दुबले हो गए हैं।"

भवानी के चेहरे पर से हँसी पुँछ गई। उसने एक लम्बी साँस ली और कहा, "अरेऽ, बिटिया..." और मुड़कर चला गया।

पापा इस बीच बड़े निर्विकार-से बैठे रहे। कभी-कभी दाहिना पंजा फैलाकर उँगलियों के नाखून देखने लगते। दोनों के बीच जो सन्नाटा छा गया था, वह दूर, रेल की सीटी से काँपा और बिखर गया।

यहाँ शहरवाली कोठी से दस गुना ज्यादा उजड़ापन है। पहले आम, कटहल, मीठे नींबू, शरीफे के पेड़ों का सघन वन चारों ओर था। अब पहली नजर में ही राधिका ने जान लिया कि तमाम पेड़ कट गए हैं। केवल सामने युकिलिप्ट्स के कुछ वृक्ष खड़े हुए हैं। कोठी को देखने से लगता है जैसे दस-बारह बरस से पुताई नहीं हुई है। और इस वर्ष तो गंगा में पानी भी बिलकुल नहीं है। दूर-दूर तक रेत फैली पड़ी है और जल के किनारे थोड़ी-सी सेवार उग आई है।

पापा उसी की ओर देख रहे हैं।

राधिका चुप बैठी है, उसके अन्दर रुलाई घुटने लगी है, जिसे रोकने के प्रयत्न में भींचे हुए जबड़े दुखने शुरू हो गए हैं।

"चाय," भवानी ने बरामदे में निकलकर कहा। पहले पापा उठे, राधिका से कहा, "चलो।"

"आप चलिए, मैं अभी आई," राधिका ने मन्द स्वर में कहा। वह कुछ देर अकेले बैठे रहना चाहती थी, जैसे कि अपने गड़मड़ हो आए विचारों और वेग से हृदय-मन्थन करते अपने भावों को तरतीबवार लगा ले और तब, पापा की तरह संयत बन, मुखौटा लगाकर चाय की मेज पर जा बैठे।

कुछ देर बाद भवानी के दुबारा बुलाने पर उसे उठना पड़ा। पापा उसी विंग में अब भी रहते थे, पर शायद दो ही कमरों में, क्योंकि राधिका को बचपनवाले कमरे में घुसकर ऐसा लगा जैसे कि वह किसी डाक-बँगले में है। उसी तरह का, एक वातावरणहीन, व्यक्तित्वहीन कमरा, बीच में बिना बिस्तर का लोहे का पलँग, एक पुराने स्टाइल की मेंढ़क-आरामकुर्सी, दीवाल पर दो साल पुराना धूमिल पड़ा कैलेंडर, केवल घड़ौंची पर ताजा भरा घड़ा रखा था, नीचे साफ धुली चिलम थी और स्टैंड पर तौलिया। हाथ धो और थोड़ा-सा पानी यों ही ढुलकाकर राधिका ने सोचा, पापा को शायद उम्मीद न होगी कि मैं यहाँ आऊँगी। तभी तो उन्होंने कमरे में झाड़ू तक नहीं लगवाई।

एक छोटे-से बरामदे में चारों ओर शीशे लगवाकर जगह घेर ली गई थी, पहले भी वहाँ एक गोल मेज पड़ी रहती थी, पापा अक्सर रात में उसी पर काम करते थे, भोजन के समय उसी को खाने की मेज बना लिया जाता।

ताजी कॉफी की गन्ध उस बरामदे में मँडरा रही थी, खुले दरवाजे से विद्या की साड़ी का छोर दीखा, दाहिने हाथ में कलछी।

"भवानी, साहब को बुलाओ, नहीं नाश्ता ठंडा हो जाएगा," विद्या ने कहा। उसका स्वर काफी उत्फुल्ल था। फिर पापा भी आकर बैठ गए।

भवानी ने नाश्ता लगा दिया, राधिका की ओर फलों की प्लेट सरकाते हुए पापा ने कहा, "खाओ। यहाँ तो थोड़ा-बहुत मिलेगा।"

भवानी तली हुई सॉसेज और अंडे की प्लेट लाया। उधर, किचिन की ओर मुख करके पापा ने कहा, "तुम भी आओ न विद्या!"

"आई!" विद्या भी आकर बैठ गई। तो, वह सॉसेज तल रही थी, जो पापा को सुबह नाश्ते पर पसन्द हैं।

"तुम कुछ खा नहीं रही हो?" पापा ने कहा। बात राधिका से कही गई थी, "सुबह मैं केवल कॉफी और टोस्ट लेती हूँ, और नाश्ता तो करके ही चली थी।"

पापा जिस जगह बैठे हैं, वहाँ धूप ऐसे पड़ रही है कि दाईं कनपटी के बालों की सफेदी अधिक उभर आई है, पर बाकी चेहरा उस चेहरे की सानुपातिकता और भी। पापा के ओंठ एक क्रूर व्यक्ति के ओंठ हैं, और ठोड़ी एक दृढ़ व्यक्तित्व की द्योतक। यही दोनों राधिका ने पापा से ग्रहण की है, पर ललाट और आँखें माँ की हैं। राधिका को माँ की चमकीली काली आँखें याद हैं, उनकी बीमारी के दिनों में वह और भी चेतन, जागरूक दीखती थीं, विभिन्न भावों के स्वच्छ दर्पण की तरह।

"अभी तो रहोगी?" पापा पूछ रहे थे।

"नहीं, कल जाऊँगी," बिना सोचे ही राधिका के मुख से निकल पड़ा।

"किधर जाना है?"

"वापस दिल्ली।"

फिर कोई कुछ नहीं बोला। विद्या कॉफी के प्याले में चम्मच चला रही थी, केवल उसकी हल्की-सी आवाज। भवानी ने राधिका के प्याले में और कॉफी डाली।

"कुछ काम है?" पापा मन्द स्वर में पूछ रहे थे।

"सोचती हूँ कि कुछ काम-धाम ढूँढ़ूँ। घर पर खाली बैठकर क्या करूँगी।"

राधिका ने प्याला उठाकर ओठों से लगाते हुए पापा को देखा। उसने अब जाना कि उसके अवचेतन में अब क्या था? उसे उम्मीद थी कि पापा

उसके जाने की बात सुनकर शायद रुकने को कहें। शायद यह कहें कि राधिका उन्हीं के पास रहे और उनकी मदद करे। उसने यह भी सोच लिया कि यहाँ अकेले रहना उसे प्रीतिकर ही लगेगा। पर पापा ने कहा, "जैसा तुम ठीक समझो। अब तो तुम समझदार हो गई हो।" और कुर्सी खिसकाकर उठ गए।

अक्षय को रेस्तराँ में घुसते हुए लगा कि उससे पहचानने में भूल हुई है। अभी चार-पाँच दिन पहले वह राधिका को ट्रेन में बैठाकर आया है। वह यहाँ कैसे हो सकती है! अँधेरे कोने में बैठी यह युवती कोई और होगी। पर पास जाने पर उसे सन्देह न रहा। राधिका ही थी। वह न जाने कब दिल्ली वापस आ गई थी और अगर उस पर नज़र न पड़ती, तो अक्षय को शायद बहुत दिनों तक पता न चलता कि वह दिल्ली में ही है। अक्षय उस ओर बढ़ा, फिर रुक गया, राधिका को उसका नाम, पता सभी मालूम था। वह चाहती तो सूचित कर सकती थी। बहुत सम्भव है कि उसने यह जरूरत ही महसूस न की हो कि अक्षय को खबर दे।

अक्षय एक खाली पड़ी मेज के पास कुर्सी पर बैठ गया। जहाँ वह बैठा था, वहाँ से राधिका की थोड़ी-सी पीठ व बाईं ओर की मुखाकृति दीख रही थी। वह कत्थई रंग की साड़ी पहने थी और जिस बाँह पर पल्ला पड़ा था, वह काफी उज्ज्वल-सी लगती थी।

अक्षय ने एक ब्लैक एस्प्रेसो का ऑर्डर दिया और मेज पर उँगलियों से धीरे-धीरे ताल देने लगा। दृष्टि बार-बार राधिका की मेज की ओर चली जाती। शायद वह किसी की प्रतीक्षा कर रही हो, यह विचार मन में कौंधा और अक्षय थोड़ा जमकर बैठ गया, कुछ ऐसी मुद्रा में कि हम भी तो देखें कि वह कौन है! इन दिनों में अक्षय को कई बार राधिका का ध्यान आया था। अक्षय अब कौमार्य की उस अवस्था में पहुँच गया था जबकि प्रायः जाति-बिरादरी से रिश्ते आने बन्द हो जाते हैं। अक्षय को इस स्थिति से शिकायत न थी, बल्कि चैन ही था, क्योंकि उसकी सामान्य पारिवारिक स्थिति के अनुसार बड़ी साधारण-सी ही लड़कियाँ उसके लिए

सुझाई जातीं। इसमें अंजलि, उसकी बड़ी बहन का बहुत बड़ा हाथ था, क्योंकि अक्षय को कोई सुपात्री मिले, इससे अधिक ध्यान उसका समाज-सुधार की ओर था कि किसी बेचारी, निरुपाय कन्या का उद्धार हो जाए।

पर अक्षय तब तक विवाह नहीं करना चाहता था, जब तक कि विदेशी फर्म में उसकी स्थिति दृढ़ न हो जाए, और अब, जब यह अवस्था आई, तब वह काफी पिछड़े हुए नम्बर में हो गया था।

विद्या का फोन पाकर उसे एक पल को लगा कि कहीं वह दूर से मैच मेकिंग तो नहीं कर रही है। पर दूसरे ही पल उसे अपने पर हँसी आई। जो लड़की माता-पिता की इच्छा के विरुद्ध एक विदेशी पत्रकार के साथ चली जा सकती है, क्या वह अक्षय-जैसे साधारण पुरुष को पसन्द कर लेगी? और विद्या तो अक्षय के विचारों को अच्छी तरह जानती है। वह और अंजलि एक तलाक पाई हुई लड़की से अक्षय का विवाह करवाना चाहती थीं, पर अक्षय ने स्पष्ट कह दिया था कि ठीक है, लड़की परिस्थितियों का शिकार हो गई, उसे सहानुभूति है, पर वह दूसरे का उच्छिष्ट नहीं स्वीकारेगा। राधिका भी तो...पर जब वह एयरपोर्ट पर गया, और कुछ घंटों में जितना कुछ राधिका के सम्पर्क में आ पाया, उसे वह अच्छी लगी। परिपाटी के अनुसार सुन्दर न होते हुए भी उसमें आकर्षण था, मेधावी होने के तेज, सहज व्यवहार और बेहद आत्मविश्वास का।

"कब लौटीं?" अक्षय उठकर खड़ा हो गया।

"आज सुबह," राधिका की मुस्कान ओंठों के कोनों तक काँपकर रह गई।

"आप कॉफी या और कुछ लेंगी?"

राधिका ने कहा, "अच्छा साथ देने के लिए कुछ ले लूँगी।" और अक्षय के कुर्सी सरकाने पर बैठ गई।

कॉफी दुबारा आई।

"अभी लौटे हुए मुझे एक सप्ताह भी नहीं हुआ और मैं अभी से सोचने लगी हूँ कि बेकार ही आई," उसने कॉफी के प्याले में चम्मच हिलाते हुए कहा।

"मैं तो कभी विदेश गया नहीं हूँ, पर सुना है कि अधिकतर लोगों को लौटकर ऐसा ही लगता है," अक्षय ने कहा।

तब राधिका मुस्करा दी।

"आप कहाँ ठहरी हैं?"

"रेलवे रिटायरिंग रूम।"

"क्या?" अचकचाकर अक्षय पूछ बैठा।

"हाँ," राधिका ने कहा, "सोचा था कि आज दिन-भर में कोई जगह ढूँढ़ लूँगी, पर कुछ ऐसी थकान बढ़ी कि सोती ही रही...अब कल...।" पर जिस प्रकार वह बातचीत बीच में छोड़कर चुप हो गई, अक्षय को ठीक अन्दाज हो गया कि बात क्या है।

"देखिए, मैं आपके व्यक्तिगत मामलों में हस्तक्षेप नहीं करना चाहता, पर आप रिटायरिंग रूम में रहें, यह नहीं हो सकता। मेरा फ्लैट आपने देखा ही है, जब तक आपको घर वगैरह न मिल जाए, आप वहीं रहिए।"

"और आप?" राधिका अक्षय के स्वर की दृढ़ता से प्रभावित हुए बिना न रह सकी।

"मैं तब तक ऊपर बरसाती कमरा इस्तेमाल कर लूँगा। सोनाम से कह दूँगा, वह अपनी बहन देकी को बुला लाएगा, वह आपके पास रह जाएगी।"

राधिका ने तुरन्त उत्तर दिया था। घर से वह बिना किसी प्रयोजन के चल पड़ी थी, इस विश्वास पर कि संचित पूँजी पर कुछ महीने तो रह ही लेगी। आकर बाई.डब्लू. में फोन किया था, जहाँ पर कि कोई कमरा खाली न था। फिर वह सारे अखबारों के रविवारीय संस्करण खरीद लाई और उनमें किराए पर खाली मकानों के टेलीफोन नम्बर नोट करती रही। कई जगह फोन भी किए, पर सफ़लता नहीं हुई। शाम को उस विषाद से बचने के लिए वह कनॉट प्लेस की ओर आ गई, फिर भी कॉफी पीते हुए उसे लगता रहा कि उसने लौटकर गलती की है। ठीक है, एम. ए. कर चुकने के बाद पी-एच.डी. करने लगती, और फिर शायद वहीं कहीं नौकरी मिल जाती। भारत और परिवार का जो लगाव उसे खींच लाया था,

वह एक सप्ताह के अन्दर ही मुख में एक कड़वा-कड़वा-सा स्वाद छोड़ गया था।

अक्षय के इस समय मिल जाने से उसे किंचित प्रसन्नता ही हुई। पर वह अपने बारे में बात नहीं करना चाहती थी, न अक्षय के बारे में जानने की उसे कुछ जिज्ञासा थी। इस कारण उसने सोनाम और देकी के बारे में ही पूछना ठीक समझा।

"मेरे बॉस यूरोप के हैं," अक्षय ने कहा, "उनकी पत्नी को भारत में आए तिब्बतियों में बड़ी रुचि थी। एक स्कूल भी चलाती थीं, जिसमें उन्हें कुछ ट्रेनिंग देकर नौकरी करने के योग्य बनाया जा सके। सोनाम उनके पास रसोइया था, अब वह एक वर्ष के लिए वापस गई हैं, तो सोनाम को मैंने रख लिया। देकी उसकी छोटी बहन है, दार्जिलिंग में पढ़ती थी, हाई स्कूल करके छोड़ दिया है, अब तिब्बती औरतों का एक शिल्प-केन्द्र चलाती है, वैसे वह डॉक्टर बनना चाहती है।"

"आपकी फर्म...?"

"भारत लघु उद्योगों को स्थापित करने में प्रयत्नशील है। सामान हमें विदेश से बहुत कम दामों में मिलता है, मैं...मैं प्लानिंग अफसर हूँ।"

वेटर पास आकर खड़ा हो गया, राधिका से यह पूछकर कि वह कुछ और लेना चाहेगी या नहीं और उत्तर में 'नहीं' पा अक्षय ने बिल चुकाया और दोनों साथ-साथ बाहर निकल आए। कुछ देर रेस्तराँ के सामने खड़े रहे, राधिका कुछ दुविधा में, और अक्षय उसके कुछ कहने की प्रतीक्षा में—यद्यपि अँधेरा छाने लगा था, ठंड अधिक न थी, चारों ओर खूब चहल-पहल थी, और अक्षय देख रहा था कि राधिका की आँखों में एक खोयापन-सा आने लगा है।

"विद्या अच्छी तरह हैं?" उसने पूछा।

"हाँ—सुनिए, आपको किसी खाली फ्लैट का पता मालूम है?"

राधिका विद्या की बात नहीं करना चाहती, यह अक्षय ने नोट किया, और तब समझा कि वह क्यों लौट आई है, शायद घर में फिर कुछ गड़बड़ हुई हो। विद्या के विचारों को अक्षय जानता है, और चाहे भारत कितना ही उन्नत क्यों न हो गया हो, सामाजिक परिवेश अभी उतना नहीं बदला,

बदलने में अभी अर्धशती तो बीतेगी ही, राधिका के पीठ-पीछे खुस-पुस तो होती ही रहेगी।

वह राधिका को समझने की कोशिश करता है–रंग-रूप, पहनावे-उढ़ावे में पूर्णतः भारतीय होते हुए भी वह परम्पराबद्ध नहीं है। उसका शील, नम्रता, व्यक्तित्व जनित है, भारतीय नारी को ऐसा होना चाहिए, इस कारण नहीं। उसमें कहीं कृत्रिमता नहीं है, इन्हीं सब कारणों से वह अक्षय को आकर्षित करती है। अक्षय के लिए परस्पर आकर्षण की परिणति विवाह है, राधिका के लिए क्या है, वह यह नहीं जानता। राधिका उससे अधिक सोफिस्टिकेटेड है इसका बहुत ही कटु बोध भी अक्षय को है।

राधिका ने प्रश्न दोहराया।

"मेरे मित्र शंकर पास ही रहते हैं, उन्होंने दो कमरों का एक फ्लैट एक अमरीकन फुल ब्राइटर को दे रखा है, वह अब जानेवाली है, मैं बात करूँगा। पहले आपका सामान तो ले आया जाए।"

राधिका ने तब प्रश्नों की बौछार कर दी "कहाँ है फ्लैट, कितना बड़ा है, कब तक खाली होगा, किराया कितना लेंगे। बाजार वगैरह की सुविधा है या नहीं?"

अक्षय ने सब धैर्यपूर्वक बताया, "मैं कल ही आपको दिखा दूँगा। किराया जो भी उचित होगा वही दिया जाएगा। मेरे ही फ्लैट के पास है। बाजार, हाट सोनाम से करवा लिया कीजिएगा।"

राधिका ने कृतज्ञ दृष्टि से अक्षय को देखा, "आपने मेरी एक बड़ी चिन्ता हल कर दी।"

उस रात अक्षय के घर सोते हुए भी वह उसके बारे में सोच रही थी। उसने अपने परिवार के दोनों पुरुषों, पापा और बड़'दा को घोर व्यक्तिवादी, कुछ हदों तक स्वार्थी, महत्त्वाकांक्षी पाया था। स्त्रियों का आदर करते थे, उन्हें स्वतंत्रता भी देते थे, पर वहीं तक जहाँ तक उनके द्वारा निर्मित सीमा-रेखा न लाँघी जाए। दूसरे प्रकार के पुरुष वे थे जो कि स्त्री को केवल भोग की वस्तु समझते थे, और मेधाविनी स्त्रियों से दूर ही रहते थे। तीसरा था अक्षय, जिसकी उदारता और शालीनता ने राधिका के मन पर प्रभाव छोड़ा था। अक्षय कभी क्षुद्रता पर नहीं उतरेगा, राधिका यह जानती थी।

उसे घर लाकर अक्षय ने पाया कि सोनाम रात के लिए चला गया है। अलमारी से धुली चादर निकालकर उसने राधिका को थमा दी और स्वयं अपना बिस्तर उठाकर ऊपर चला गया।

राधिका ने अन्दर से दरवाजा बन्द कर लिया और सोने से पहले एक पत्रिका पढ़ने लगी। ऊपर के कमरे से नीचे शयन-कक्ष में प्रकाश दीखता था। अक्षय देख रहा था कि राधिका जाग रही है।

राधिका अब क्या करेगी, यह विचार उसके मन में कई बार उठा और एक-दो बार झुँझला भी आया कि वह राधिका को लेकर इतना घिरता क्यों जा रहा है। विद्या ने कहा था इसलिए जाकर एयरपोर्ट पर मिल लिया, उसके बाद से तो जिम्मेदारी समाप्त हो गई न? अब राधिका जो चाहे, सो करे। वह केवल उससे उतना ही सम्बन्ध रखेगा, जितना कि भद्रता के नाते आवश्यक है।

अगले दिन वह राधिका को लेकर शंकर के पास गया। फोन उसने पहले कर दिया था। शंकर ने ना-नु भी की, फुलब्राइटवाली लड़की के बाद वह कमरे अपने पास ही रखना चाहता था। पर राधिका के पास जगह नहीं है, इस कारण अक्षय स्वयं निर्वासित हो गया है, यह जान शंकर ने कहा, "अच्छा, शाम को ले आना।"

अक्षय ने राधिका का परिचय कराते हुए कहा, "इनका नाम राधिका है। अभी एक हफ्ता हुए विदेश से लौटी हैं, फाइनआर्ट्स में डिग्री लेकर।"

शंकर की दोनों लड़कियाँ काफी प्रभावित लगीं, और शंकर की पत्नी ने, जिन्हें अक्षय निःसंकोच प्रेमा कहकर बुला रहा था, राधिका की काफी आवभगत की। पर राधिका ऊपर का हिस्सा देखने के लिए व्यग्रता से प्रतीक्षा कर रही थी। और इसीलिए चाय के दौरान वह कम बोली और दूसरों को देखती रही। अनिला बीस-इक्कीस की होगी, बी.ए. कर पढ़ना छोड़ दिया था, कभी-कभी मधुर-दृष्टि से अक्षय की ओर ताक लेती, पर अक्षय इससे नितान्त अनभिज्ञ है, यह बात जान राधिका थोड़ा-सा मुस्कराई। नीना अपेक्षाकृत अल्हड़ थी, चॉकलेटी रंग का चूड़ीदार और सफेद चॉकलेटी प्रिंट

का कुर्ता, और आयु के अनुपात से दोनों ही लड़कियों के मुख पर अधिक मेकअप था। प्रेमा भी अपनी ओर से काफी सज्जित थीं, तरबूजी नायलॉन की साड़ी, ठंड में भी बिना बाँहों का ब्लाउज। उन तीनों के सामने राधिका कितनी सादी, पर असाधारण दीख रही थी, यह अक्षय ने भी नोटिस किया।

"आपको भारत में लौटकर कैसा लग रहा है?" शंकर ने पूछा।

"ठीक ही लग रहा है," राधिका ने धीरे-से कहा।

"मुझे तो आपका देश, यानी अमरीका पसन्द नहीं आया। मैं सन छप्पन में वहाँ गया था," कहकर शंकर ने राधिका की प्रतिक्रिया देखी।

"मेरा देश तो यही है," हलके-से राधिका बोली।

"फिर भी आप वहाँ रही हैं, पढ़ी हैं," शंकर ने मन्द-हास्य से कहा, "और शायद बहुत कुछ पाश्चात्य विचारों की हो गई हैं। नहीं तो माता-पिता से अलग होकर रहने की बात कितनी लड़कियाँ सोचती हैं?"

राधिका ने कहा, "तभी तो हमारे यहाँ कितनी लड़कियों का चरित्र पूर्णतः विकसित हो पाता है? माता-पिता अपने ही विचारों को उन पर थोपते रहते हैं। रहा मेरा सवाल, मैं स्वेच्छापूर्ण जीवन की इतनी आदी हो गई हूँ कि विघ्न सह नहीं पाती।"

"तो शादी के बाद क्या करेंगी?" प्रेमा ने पूछा।

"अभी तो इरादा है ही नहीं," राधिका ने दृढ़ता से कहा।

"यानी आप भी हमारे अक्षय की तरह अकेला जीवन पसन्द करती हैं," शंकर हँसा, "हम तो अक्षय जी को घर-दामाद बनाने को तैयार हैं।"

राधिका समझ गई कि शंकर अपने ही तरीके से उसे यह बताने की चेष्टा कर रहा है कि उसका क्लेम पहला है।

"अब आप इन्हें ऊपर का पोर्शन दिखाएँगे भी या बातें ही करते रहेंगे," अक्षय ने, बात आगे न बढ़े, इस भय से तुरन्त कहा। शंकर प्रायः ऐसी बातें करता था, पर अक्षय को खुशी थी कि अनिला के लिए उसने कभी साफ-साफ नहीं कहा, नहीं तो अस्वीकृति देते हुए शंकर से मैत्री ही समाप्त हो जाती।

ऊपर के हिस्से में मार्शा विलर का सामान बिखरा था, पैक करके मकान छोड़ने से पहले जो बेतरतीबी हो जाती है, उसके मध्य भी उन

कमरों को सुरुचिपूर्ण रूप से सजाया जा सकता है, यह सम्भावना राधिका ने देख ली।

अन्दर दो कमरे थे, एक बड़ा और चौकोर, जिसमें दो खिड़कियाँ अन्दर आँगन की ओर खुलती थीं, दूसरा अपेक्षाकृत छोटा और लम्बा, जिसकी खिड़की से दूर खेतों की हरियाली नजर आती थी। संलग्न स्नानगृह। कमरों के सामने लम्बा, झँझरीदार बरामदा और खूब खुली हुई छत।

राधिका कुछ देर तक छत की मुँडेर पकड़े खड़ी रही। उस कतार में सभी मकान ऐसे ही थे, दो-दो मंजिलवाले, छतों से छतें सटी हुईं, सामने थोड़ी-सी खुली भूमि, उसके बाद सड़क, उस पार फिर ऐसे ही मकानों का कार्य-कलाप साफ दीखता था, जैसे अपनी बालकनी में बैठे एक सरदार जी एक बच्चे को रजाई से ढाँपते, सीढ़ियाँ उतरती एक स्त्री, फ़िर कुछ दूर, दाहिनी ओर बिना ओढ़नी पहने एक युवती का छत पर घूमते हुए दाँतों में ब्रश करना और पास की छत पर फूलों में पानी डालने का बहाना मात्र करते हुए एक युवक। राधिका को हँसी आ गई। तो अभी भी छतों पर रोमांस होने के दिन गए नहीं हैं। उसने मुड़कर पिछवाड़े की ओर देखा, एक काफी गन्दी-सी गली, जिसमें कई मोटी ताजी गायें पसरी बैठी थीं और आँखें मूँदें जुगाली कर रही थीं। उनके पीछे छोटे-छोटे घरों की कतार थी, दीवारें ईंटों की, सफेद पुती हुई, पर काफी नीची, छतें छप्पर की, एक दूध वाला, कपड़ों पर इस्त्री करते कई धोबी और उस ओर से उठता एक अनवरत शोर।

शंकर ने थोड़ा क्षमा-भाव से कहा, "इन सभी लोगों को बार-बार नोटिस मिल चुका है हम लोग सभी इनकी झोंपड़ियाँ गिराए जाने के पक्ष में हैं, पर अभी तक कोई डेफीनिट एक्शन नहीं लिया गया है।"

राधिका ने अक्षय से कहा, "मैं एक बार फिर शाम को यहाँ आकर देखना चाहूँगी। अगर इन्हें आपत्ति न हो।"

"आपत्ति क्यों होगी," शंकर ने कहा। पर यह स्पष्ट था कि उसे राधिका के आचरण पर थोड़ा-सा आश्चर्य हुआ।

"रात को भी क्या यहाँ इतना ही शोर रहता है?" राधिका ने कहा।

"शोर?" प्रेमा ने पूछा, "इसे तो हम रौनक कहते हैं। हमें नहीं पसन्द ऐसी जगहें जहाँ कि गीदड़ रोते हों।"

"मैं फिर आऊँगी," कहकर राधिका झटपट नीचे उतर गई।

दोपहर का भोजन अक्षय के पास, सोनाम तैयार कर रहा था।

"घर तो मुझे पसन्द आया," राधिका ने कहा, "पर आसपास बड़ी घनी आबादी है। मैं बचपन से ही सन्नाटे में रही हूँ...।"

"आप सोच लें जो भी सुभीता हो। पर दिल्ली में घर मिलना बहुत मुश्किल होता जा रहा है," अक्षय ने कहा। तब तक सोनाम एक ट्रे में दो गिलास शर्बत रख गया।

"फिर भी कहीं ऐसा जहाँ कि बिलकुल सन्नाटा हो कि एक पत्ता भी न खड़के, कि पूरा दिन बीत जाए और कोई दूसरी सूरत न दीखे..." राधिका गम्भीर थी, पर अक्षय ने जब कहा, "आखिर ऐसा भी बनवास लेने की आपको क्या ज़रूरत आ गई..." तो उसके साथ वह भी हँस पड़ी।

लंच के बाद वे उठकर सोफे पर जा बैठे, और सोनाम जब कॉफी लेकर आया तो राधिका ने कहा, "सोनाम, कॉफी बहुत अच्छी बनी है।"

वह मुस्कराया, नमित हुआ और चला गया।

उसके बाद दोनों ही एक बहुत शान्तिपूर्ण, सुखद मौन से घिरे बैठे रहे। अक्षय ने उठकर रेडियो हल्का-सा खोल दिया, और पाश्चात्य संगीत की हल्की-हल्की लहरें कमरे में फैल गईं।

राधिका इस समय सोफे की पीठ से टिकी हुई बैठी थी। रूखे, ढीले बाल चेहरे को घेरे थे, अक्षय ने लक्ष्य किया कि राधिका के बालों का रंग गहरा भूरा है। ऐसा केश-विन्यास उस पर फबता था, अक्षय ने यह भी जाना कि राधिका जो कुछ पहनती है, उसी में अच्छी लगती है। शायद वह कपड़े चुनती ही इस दृष्टि से हो। राधिका जब गम्भीर रहती, तो पिता के चेहरे की झलक उसके मुख पर स्पष्ट दीखती है।

"आपको आश्चर्य नहीं हुआ कि मैं इतनी जल्दी क्यों लौट आई?"

राधिका के इस प्रश्न पर अक्षय ने कहा, "नहीं!"

अब आश्चर्यान्वित होने की बारी राधिका की थी, "क्यों?"

"क्योंकि मैं विद्या को बहुत सालों से जानता हूँ," अक्षय ने सहज-भाव से कहा।

राधिका ने बहुत बार पढ़ा और सुना था कि नितान्त अपरिचित से दुख-गाथा कहकर भार हल्का हो जाता है। अक्षय उसके लिए अपरिचित ही तो था। पापा ने जब अपने जीवन की राह चुन ली, तो वह क्यों नहीं स्वतंत्र, निर्मम हो अपने लिए राह खोज लेती।

राधिका की आँखें फिर अक्षय पर टिक गईं। इस अल्प-परिचय में जितना अक्षय को जाना था, उससे यह स्पष्ट था कि वह कभी भी उसके लिए अधीर, उन्मत्त कर देनेवाला प्रेमी न बन सकेगा। अक्षय के स्पर्श से कभी भी उसकी धमनियों में रक्त के प्रवाह की गति तीव्र नहीं होती, इसका भी बोध उसे था। हाँ, दोनों मित्र बन सकते थे, राधिका को एक समझदार मित्र की आवश्यकता भी थी।

राधिका को अपने विचारों की गति पर हँसी भी आई, और थोड़ी खीज भी। उसे क्या हो गया है, क्या वह भी रज्जू भैया का बनाया रास्ता खोज रही है। विवाह, गृहस्थी, बच्चे! क्या इस भटकन की यही परिणति होगी?

"मैं सोचती हूँ कि मकान ले ही लूँ," अपने विचारों पर प्रतिरोध लगाते हुए राधिका बोल पड़ी।

घर-द्वार जुटाने में राधिका को ज्यादा परिश्रम नहीं करना पड़ा। मार्शा ने अपना इस्तेमाल किया हुआ काफी सामान राधिका को कम कीमत में दे दिया। कुछ प्रेमा ने, और बची-खुची चीजें अक्षय ने जुटा दीं। दोपहर का भोजन अक्षय बाहर ही करता था, इसलिए सोनाम को दिन-भर की छुट्टी रहती थी, वह राधिका का जरूरत पड़ने पर काम कर दिया करे, ऐसा समझौता तीनों के बीच हो गया था।

दो दिन जुटकर सोनाम और राधिका ने सफाई कर डाली, फिर कई बार सामान रखा गया, और हटाया गया, कमरा चौकोर होने के कारण, किसी भी अवस्था में अच्छा लगता था।

अक्षय जब शाम को उससे मिलने आया तब भी राधिका, रूखे बालों का जूड़ा पीछे बाँध, साड़ी का पल्ला कमर में खोंसे, स्टूल पर खड़ी दीवार पर एक चित्र टाँग रही थी।

"आइए," उसने कहा।

अक्षय ने चारों ओर नजर डालकर कहा, "बड़ी जल्दी सब ठीक-ठाक कर लिया तुमने?

"करना ही ऐसा क्या था?" राधिका ने स्टूल पर से उतरते हुए कहा, फिर कुछ पीछे जाकर देखने लगी कि चित्र सीधा टँगा है या नहीं। सूरजमुखी के उन चमकदार, द्रव जैसे पीले रंग के फूलों की तसवीर से कमरे में शोभा-सी आ गई थी। दूसरी दीवार पर ताँबे के पंख और काष्ठ शरीरवाले एक उड़ते हुए पक्षी को टाँग दिया गया था। नीची-सी, पारदर्शी काँच की मेज पर दो छोटी-छोटी आकृतियाँ रखी थीं। झुककर उन्हें उठाते हुए अक्षय ने पूछा, "यह तुम्हारी बनाई हैं?"

"नहीं। यह मैंने रोड आइलैण्ड में एक आर्टिस्ट से खरीदी थी। वह इन्हें हुगाची कहता था, यानी लिटिल नथिंग्स।" अक्षय के हाथ से एक हुगाची को लेते हुए राधिका ने उसे हथेली पर रखकर कहा, "यह प्यूटर में गढ़ी गई हैं। इसका फार्म देखिए। अमूर्तकला का कितना सुन्दर उदाहरण है।" फिर वह स्वयं ही झेंप गई, और हुगाची उसने मेज पर वापस रख दी।

"सोनाम-ला, साहब को चाय लाओ," राधिका ने थोड़े-से ऊँचे स्वर में कहा।

उस क्षण अक्षय में बड़ा अजीब-सा भाव उठा, उसे लगा कि यह आज ही ऐसा नहीं हुआ है, बल्कि इसी क्षण के लिए वह कब से प्रतीक्षित है, वह ऑफिस से लौटा है, और राधिका उसे गृह-सज्जा में व्यस्त मिली है, और यह सोनाम ट्रे में चाय सजाए चला आ रहा है। अक्षय ने एक त्वरित दृष्टि राधिका के ऊपर डाली, जो अब भी, खिड़की की ओर पीठ किए, खड़ी मुग्ध-भाव से सूरजमुखी के फूलों के चित्र को देख रही थी।

"अब मुझे घर, घर-सा लगा," उसने चेहरा अक्षय की ओर थोड़ा-सा घुमाकर कहा। शाम का हलका, स्निग्ध उजाला कमरे में भरा हुआ था, उसमें

राधिका के चेहरे की रेखाएँ जैसे घुलकर मृदु हो आई थीं और उसके लम्बे कृश तन पर दक्षिणी साड़ी, पुरानी होते हुए भी खूब सज रही थी।

अक्षय ने इसी बीच, एक दुर्बल क्षण में निश्चय कर लिया है कि वह अपने से लड़ेगा नहीं। जीवन में जब भी कोई युवती आई है, अक्षय ने अपनी भावनाओं को कड़े नियंत्रण में रखा है, और अब तीस-इकत्तीस वर्ष की आयु में उसे यह सोचकर आश्चर्य होता है कि उसने कभी किसी युवती से प्रेम नहीं किया। आकर्षण जरूर अनुभव किया, पर हर बार उसे पल्लवित होने से पहले अपने ही आप कुचल डाला है। शायद इसीलिए लोगों को उससे शिकायत हो सकती है, इसीलिए अनिला भी उससे गिला कर सकती है, वह जानता है कि यदि वह कभी एकान्त पाकर अनिला को बाँहों में लेना चाहे, तो वह बड़ी सहजता से खिंच आएगी और दूसरे ही क्षण कहेगी, 'आप डैडी से बात क्यों नहीं करते!' वह बँधना चाहता है, एक बार अनुभव में आकंठ डूबना चाहता है, पर उसकी लज्जालु प्रवृत्ति बीच में बाधा बन जाती है।

ठीक है, उसने सोचा, राधिका मुझे आकर्षित करती है—उन्हीं सब बातों के कारण, जिन्हें मैं अपनी पत्नी में नहीं देखना चाहता। पत्नी मेरे घर में रहेगी, मेरी और बच्चों की देखभाल करेगी और मेरे प्रकाश से आलोकित होगी। राधिका स्वेच्छाचारिणी है, राधिका में तेज है, और राधिका एक अर्थ में दूसरे की विवाहिता है...फिर भी अच्छी लगती है। इस बार वह अपने को दमित नहीं करेगा, अगर एक उमड़ती हुई लहर उसे बहा ले जाएगी, तो उससे उबरने के लिए हाथ-पैर नहीं मारेगा।

सोनाम चाय ले आया। फ्लैट में रसोई के लिए अलग जगह नहीं थी, इसीलिए छोटे कमरे को भण्डार-गृह व रसोई बनाना पड़ा। सामने के कमरे में एक तख्त पड़ा था और दो कुर्सियाँ, रात को तख्त पर बिस्तर लग जाएगा।

"तकलीफ नहीं होगी?" अक्षय ने पूछा।

"तकलीफ क्या।" राधिका तख्त के कोने पर बैठी थी। "फिर हमेशा के लिए यह प्रबन्ध थोड़े ही है।" और चाय का कप अक्षय की ओर बढ़ा दिया।

चाय के साथ मीठे, नमकीन बिस्कुट थे।

"बहुत हल्की-सी चाय है। आप सारे दिन के बाद भूखे होंगे," राधिका ने कहा।

"तुम कल से चाय उधर ही पिया करो। सोनाम से कह दूँगा। मुझे भी घर लौटने में कुछ...।" अक्षय रुक गया और जो कुछ कह गया था उसकी झेंप को ढकने के लिए उसने पूछा, "अनिला और नीना तो आती होंगी?"

"कहाँ? जब से आई हूँ एक बार भी नहीं बुलवा सकी। अभी बुलवाती हूँ।"

"अच्छा!" आश्चर्य-भरे स्वर में अक्षय ने कहा। वह कमरे से निकल आया और छत पर मुँडेर के पास खड़े होकर उसने नीना को पुकारा।

अन्दर आँगन में प्रेमा निकली, अक्षय को ऊपर खड़ा देखकर उसके चेहरे पर जो विस्मय आया, उसे झटपट ढाँक न पाते हुए वे बोल उठीं, "अच्छा, तो अब चोरी-चोरी ऊपर जाने लगे।"

"चोरी की बात होती तो मैं आपको पुकारता ही क्यों? ज़रा नीना व अनिला को ऊपर भेजिए।" अक्षय प्रेमा के फूहड़पन पर कुछ नाराज हो गया था। यह वार्तालाप कमरे में बैठी राधिका ने भी सुना और वह एकदम ठंडी पड़ गई। जैसे उसे किसी ने निर्ममता से याद दिला दिया कि उसके पास अक्षय का बार-बार आना लोगों की आँखों में चुभेगा जरूर। यह वह देश नहीं है जहाँ दो अविवाहित व्यक्तियों की मैत्री बहुत सहजता से एक नॉर्मल चीज की तरह स्वीकारी जाती है।

इसी बीच अनिला और नीना उच्च स्वर में बात करतीं और हँसती हुई आ गईं।

"आओ," कहती हुई राधिका उठकर खड़ी हो गई और सोनाम से कहने के बजाय स्वयं ही प्याले लेने अन्दर चली गई। जब वह पानी और चढ़ाने को कहकर और प्याले ले बाहर आई, तो नीना ने कहा, "कितना सुन्दर सजा लिया है आपने! उस मार्शा मिलर ने तो कूड़ेखाने की तरह रख छोड़ा था।" फिर उसने दीवार पर टँगे प्रिंट को देखकर पूछा, "यह किसने बनाई है?"

अनिला बोली, "नाम तो लिखा हुआ है, पढ़ लो न।" और अक्षय की ओर देखकर मुस्करा दी। अनिला यदि प्रसाधन कुछ कम करे तो और भी

अच्छी लगे, राधिका सोच उठी। अनिला ने इस समय बालों का खूब बड़ा-सा जूड़ा बना रखा था। कढ़ी हुई साड़ी, लिपस्टिक, पाउडर, 'आई पेन्सिल' से सँवारी आँखें, तीव्र सुगन्धवाला सेंट, सभी कुछ! क्या मैं अपनी प्रतिक्रियाओं में अधिक कसी और संकुचित होती जा रही हूँ, राधिका के मन में विचार उठा, अनिला और मेरी पीढ़ी तो एक ही है, फिर भी मुझे यह सब क्यों खटकता है? जब अपने से छोटों के आचार-विचार के प्रति आलोचक दृष्टि हो उठे, तो यह समझना चाहिए कि हम बूढ़े हो रहे हैं, हमारे विचारों में लचक नहीं रही।

"अनिला, सारे दिन क्या करती हो?" राधिका पूछ बैठी।

"बस, ऐसे ही, सुबह तो वेस्टर्न कुकिंग की क्लास में चली जाती हूँ, शाम को सैर कर ली। कभी कुछ पढ़-पुढ़ लिया।"

"अनिला तो शादी के इन्तजार में बैठी है," नीना ने कहा, और फिर पूछा, "अच्छा सिस्टर, आपने वहाँ कोनी फ्रांसिस और क्लिफ रिचर्ड को तो देखा होगा?"

राधिका की प्रश्नभरी दृष्टि के उत्तर में नीना ने कहा, "गायक हैं। टेलीविजन पर आते होंगे।"

"टेलीविजन तो हमारे फ्लैट में नहीं था। कभी कोई प्रोग्राम देखना हुआ तो स्टूडेंट कॉमन रूम में जाकर देख लिया।"

"वहाँ यूनिवर्सिटी में टेलीविजन थे?" नीना ने कुछ हसरत से पूछा।

"हाँ, तीन-चार। दो रंगीन भी थे। एक थियेटर भी था, जहाँ हर बुधवार को पुरानी फिल्में दिखाते थे।"

"मुफ्त?"

"हाँ, और क्या? लो, चाय पियो," राधिका नीना को देखकर मुस्कराई।

"मगर वहाँ का विद्यार्थी जीवन भी आसान नहीं नीना जी, जहाँ कम ही ममी-डैडी कॉलेज की पढ़ाई का खर्च देते हैं। मैंने ही, पूरे ढाई साल सुबह नौकरी की और शाम को पढ़ा। खाली समय लाइब्रेरी में बिताया, वहाँ मुफ्त फिल्म या टेलीविजन देखने का समय तो मुझे नहीं था।"

"फिर भी," नीना ने कहा, "मजे की जिन्दगी हो तो मेहनत करने से मैं नहीं घबराती।"

"अरे चलो," अनिला ने कहा, "बी.ए. पास में भी तो रो-रोकर पढ़ रही है। इससे तो बस बातें बनवा लो, पिक्चरें दिखवा लो—कॉलेज से भाग-भागकर तीन बजे के शो में जाती है। क्या मजाल कोई पिक्चर मिस कर दे।"

नीना से कोई उत्तर न बन पड़ा, "मेरी सारी सहेलियाँ यही करती हैं।"

"अच्छा लो, चाय पियो," राधिका ने सबके प्यालों में और चाय छाननी प्रारम्भ कर दी।

सोनाम ने कहा, "साहब के यहाँ कुछ मेहमान आए हैं, आपको बुलाया है।"

अक्षय के कौन-से ऐसे मेहमान होंगे, जो राधिका से मिलना चाहेंगे? यही सोचते हुए राधिका तैयार हुई, एक बार मन में विचार कौंधा कि कहीं विद्या न हो, ठिठक गई। पर दूसरे ही क्षण सोचा कि अगर विद्या होती, तो अक्षय कुछ पूर्व-सूचना जरूर देता। और विद्या भी, किसी के घर आकर ठहरनेवाली नहीं है।

कमरे में घुसते ही उसने रमा को पहचान लिया, "मौसी जी, नमस्ते!" उसने विनोदपूर्ण लहजे में कहा। रमा झुककर बच्चे को जूता पहना रही थी, ऊपर देखा।

"राधिका..." फिर कुछ चुप रहकर, "अरे, तुम तो बिलकुल वैसी ही हो!"

राधिका को बैठक का रूप-रंग ही बदला लग रहा था। फर्श पर बच्चों के खिलौने बिखरे हुए थे, एक बच्चा कुर्सी पर बैठा था, और एक साँवली-सी लड़की रमा का आँचल पकड़, उस पर लदी हुई थी।

राधिका पास आकर बैठ गई।

"ये हैं तुम्हारे नौनिहाल?"

नौनिहाल रो दिए, तब राधिका ने बच्ची को पास बुलाने का प्रयत्न किया, बच्ची रमा की आड़ में दुबक गई। रमा जूता पहनाकर सीधी हुई। काफी ढल गई थी।

"कितने बच्चे हैं तुम्हारे?" राधिका ने पूछा।

"तीन! सबसे बड़ा पाँच का है, बाहर खेल रहा है।" फिर रमा ने पति को पुकारा, "सुनते हो, ये आईं हैं राधिका।"

पुकार पर सबसे पहले अक्षय कमरे में आया। चेहरे पर कुछ थकावट थी, राधिका को देखकर चेहरे पर मुस्कान आ गई, "बड़ी जल्दी आ गईं?"

"खाली बैठी थी," राधिका ने कहा।

"अक्षय भैया! ज़रा आया को बुलाकर कह दो कि बच्चों को ले जाए, तब ज़रा चैन से बैठूँ," रमा बोली।

आया आकर बच्चों को ले गई। रमा आकर पास बैठ गई और जैसे पहली बार ध्यान से राधिका को देखा।

"वहाँ की आब-हवा तुम्हें रास आई। चेहरा चमक गया है।"

"यह तो यहाँ की हवा का असर है," अक्षय ने कहा।

"हाँ भैया, तुम्हारा पड़ोस ठहरा न।"

राधिका ओंठों पर सूक्ष्म मुस्कान लिए सुनती रही, कुछ कहा नहीं।

"और बताओ?" रमा ने पूछा।

"मेरे पास क्या है बताने को। तुम सुनाओ," राधिका को लग रहा था कि दोनों के मध्य जो सम-रुचियाँ, समवयस्क होने की एक निकटता पहले थी, वह अब खो गई है। दोनों एक-दूसरे से बेहद दूर चली गई हैं, इसलिए इस परिस्थिति के थोड़ी-सी त्रासभरी-सी हो जाने की सम्भावना थी।

"क्यों, न जाने कहाँ-कहाँ का सैर-सपाटा, जाने किस-किस घाट का पानी पीकर तुम आई हो और कुछ भी नहीं है बताने को?"

रमा कितनी क्रूड हो गई है, अक्षय को यह फौरन खटका, प्रतिक्रिया जानने के लिए उसकी दृष्टि राधिका की ओर चली गई।

"कुछ भी कह लो, आखिर हो किसकी बहन," राधिका ने हँसकर कहा, अगर उसने बुरा भी माना होगा, तो प्रकट नहीं किया।

"अरे भई, तुम्हारे घर में जाने के बाद हमारी जीजी के भी स्टैंडर्ड बड़े ऊँचे हो गए हैं। तीन साल से भेंट नहीं हुई है। इस छोटे पप्पू के होने पर एक बधाई का पत्र तक नहीं डाला, उन दिनों तो वह कुछ परेशानी में भी थीं। तुम्हें तो मालूम ही होगा।"

"नहीं," राधिका का संक्षिप्त उत्तर था।

"जीजाजी को बड़ा जबरदस्त नरवस ब्रेक-डाउन हो गया था। कहने को तो कहा गया कि वह 'ओवर-वर्क' के कारण था, पर जाननेवालों को पता था कि वह तेरे कारण था।"

राधिका पीली पड़ गई।

"ब्रेक-डाउन की बात मुझे मालूम नहीं थी," अक्षय ने कहा।

"अरे कित्ते महीने पलँग से उठ न सके, जीजी को छुट्टी लेनी पड़ी, तुम्हें पता ही नहीं। कई महीने शहर से बाहर रहे, बड़ा इलाज, कंप्लीट रेस्ट, नर्व-टॉनिक चलते रहे। सच राधिका, तुमने सबको बड़ा सताया।"

"और उन्होंने मुझे जो झटका दिया वह?" राधिका का कंठ काँप रहा था।

तभी उच्च स्वर में राधिका का अभिवादन करते हुए रमा के पति कमरे में आ गए। आकर पास बैठे, ऊपर से लेकर नीचे तक दृष्टि डालते हुए कहा, "कहिए मेम साहब, क्या हाल है?"

राधिका को उत्तर देने में कुछ समय लगा। उसी बीच सोनाम चाय लेकर आ गया।

रमा के पति जमशेदपुर में इंजीनियर थे। 'सोशली' थोड़ा-सा 'डल' उन्हें राधिका ने अवश्य पाया था पर आज उनके आने से उसे जो थोड़ा-सा अन्तराल मिल गया, उससे वह उनके प्रति कृतज्ञ हो आई।

"आप सुनाइए। बड़ी बटैलियन खड़ी कर दी।"

"कहाँ, कुल तीन ही हैं। अब आप भी इस दिशा में कुछ प्रगति कीजिए। चिर-कुमार अक्षय जी को हम राजी कर लेंगे।"

इस स्पष्ट भाषण के बाद राधिका से कुछ कहते न बना। प्याले में चम्मच हिलाने लगी।

"पहले पूछ तो लो अक्षय भैया से, कि यों ही वादे करने लगे," रमा ने पति से कहा।

"अरे, अक्षय को तैयार करना क्या मुश्किल है। वे तो अपने आप तैयार बैठे हैं," कुमार ने सोत्साह कहा।

"चलो, तो हम यह शुभ-कार्य सम्पन्न करवाकर जाएँ," रमा के स्वर में एक काट थी, एक व्यंग्य। राधिका को वह थप्पड़ की तरह लगा। मेरी ओर से यह बैर-भाव-सा क्यों है? पापा के कारण, पर पापा से रमा का कोई लगाव नहीं।

शायद रमा के पति, कुमार को इस चर्चा में आनन्द आ रहा था, बोले, "क्यों अक्षय?"

"आप चुपचाप चाय पीजिए," अक्षय ने कहा। "सोनाम नाश्ते के लिए प्लेटें और ले आओ।"

राधिका की कृतज्ञ दृष्टि अक्षय से मिली। अक्षय ने ठीक ही सोचा था, राधिका ऐसी चर्चा आगे बढ़ाना नहीं चाहती थी।

चाय पीकर रमा ने राधिका का फ्लैट देखने की इच्छा व्यक्त की। कुमार भी साथ आना चाहते थे, पर रमा ने उन्हें बरज दिया। राधिका चुपचाप आगे हो ली। रमा ने कमरे देखे, फिर तख्त पर बैठ गई। इस समय उसका चेहरा शान्त था।

"पापा अब तो ठीक हैं।" राधिका ने कहा, "मैं गई थी।"

"मिले थे?"

"हाँ!" सखेद राधिका ने कहा।

"पर तुमने काम बड़ा वैसा किया। सच कहती हूँ, मैं तो सुनकर काँप गई। यह भी कहने लगे कि राधिका में इतना साहस कैसे आ गया।"

उसके स्वर से थोड़ा-सा बुरा मानकर राधिका ने कहा, "सैकड़ों लोग विदेश पढ़ने जाते हैं, इसमें अनोखापन क्या है?"

"पर कितनी लड़कियाँ पत्रकारों के संग..." शायद रमा उचित शब्द ढूँढ़ने के लिए ठिठकी।

"भाग जाती हैं, यही कहना चाहती हो न? मैं अपनी जिम्मेदारी पर गई थी, किसी और पर निर्भर होकर नहीं।"

उसके कंठ की उग्रता से रमा कुछ धीमी हो आई, "मैं क्या जानूँ! तुमने तो कभी एक लाइन भी न लिखी, जो उड़ता-उड़ता सुना, उसी को मानना पड़ा। उधर तुम्हारे पापा इतना बीमार..."

कमरे में एक अप्रिय, संत्रस्त वातावरण-सा छा गया। राधिका चाह रही थी कि रमा बस उठकर चली जाए। साथ ही रमा के इस आचरण से वह आहत थी, उसके मन में तो रमा की एक मधुर स्मृति ही थी, मसूरी में साथ बिताए गए ग्रीष्म की।

"अक्षय तुम्हें कैसे जँचते हैं?" रमा ने अचानक प्रश्न किया।

"क्यों?"

"यह कभी-कभी बेसिर-पैर की बात कर उठते हैं। वैसे अक्षय का इरादा विवाह करने का नहीं लगता। मेरी शादी के बाद इन्होंने बड़े अच्छे-अच्छे रिश्ते नामंजूर कर दिए।"

"अच्छा?" राधिका के स्वर का व्यंग्य शायद रमा को प्रकट न हुआ।

"हाँ...!" रमा ने इस प्रकार बात छेड़ी कि राधिका आगे पूछे, पर राधिका की ओर से कोई जिज्ञासा न पा उसने बात पलटते हुए कहा, "यह तो बताओ, तुम्हारा क्यों सम्बन्ध-विच्छेद हो गया?"

"कोई सम्बन्ध था ही नहीं। न मैं सम्बन्ध करने गई थी। मैं पढ़ने गई थी, डिग्री लेकर लौट आई।"

"अच्छा यह तो बताओ, तुम क्या-क्या लाईं?" रमा ने बात पलटते हुए कहा, "मुझसे यह बार-बार कहते रहे, कि तुम्हें चिट्ठी लिखूँ, पर पता नहीं मालूम था। इनका मन एक ट्रांजिस्टर के लिए था।"

"क्यों? क्या यहाँ नहीं मिलते?" राधिका समझ रही थी कि उसके कंठ में फिर रुखाई आ गई है, पर वह उसे गोपन न रख सकी।

"मिलते तो हैं, पर बाहर की चीज की बात ही और होती है।"

"होती होगी। मैं तो कुछ भी नहीं लाई। न छाते, न घड़ियाँ, न लिपस्टिकें, न ट्रांजिस्टर। हाँ, कुछ किताबें हैं, कुछ तसवीरें, कुछ रंग। उनमें तुम्हें रुचि न होगी।" फिर राधिका स्वयं ही पिघल गई, रमा बेचारी क्या करे। जिस परिवेश में रहती है, आखिर उसी को प्रतिबिम्बित करती है। उसने अपेक्षाकृत मृदु स्वर में कहा, "अगर चिट्ठी डाल देती, तो मैं कुछ-न-कुछ ले आती।" फिर वह अन्दर गई। फालतू कपड़ों का सूटकेस खोला, जब गई-गई थी तो बर्फ, कीचड़ आदि से अपनी रेशम की साड़ियाँ बचाने के लिए दो

नायलानी साड़ियाँ ली थीं, जो एकाध बार ही पहनी गईं। उन्हीं को लाकर उसने रमा के आगे रख दिया और कहा, "अगर तुम्हें कोई पसन्द हो तो ले लो। दोनों पसन्द हों तो दोनों ले लो।"

रमा साड़ियाँ उलट-पलटकर देखने लगी। उसके चेहरे का उत्फुल्ल भाव देख राधिका ने एक कचोट के साथ सोचा, मेरे लिए यह छोटे-छोटे सुख क्यों खो गए हैं।

फिर सोनाम का कुंडी खड़काना, "बच्चे माँ के लिए रो रहे हैं।" राधिका ने एक अखबार में साड़ियाँ लपेटकर रमा को पकड़ा दीं और उसके जाने के बाद तख्त पर लेट गई। खिड़की से हवा अच्छी आ रही थी। उसे लगा कि यदि रमा से भेंट न होती, तो अच्छा रहता। कैसी संकुचित प्रवृत्ति की, पूरी गृहस्थिननुमा हो गई है वह। साथ ही थोड़ा-सा खेद कि क्या विवाह के कुछ वर्ष एक हँसमुख युवती को इतना ईर्ष्यालु, कुण्ठा-ग्रस्त बना सकते हैं कि वह अपनी किसी समवयस्का से बिना तानों के, बिना उसे नीचा दिखाए बात नहीं कर सकती।

क्या रमा को वैवाहिक जीवन में सन्तोष नहीं है? राधिका तख्त पर औंधी होकर लेट गई। नीचे अनिला या नीना में से कोई खूब उच्च स्वर में पश्चिमी पापुलर संगीत बजा रही थी। अन्य समय राधिका को जोर से बजते रेडियो की आवाज से खीज होती थी, पर अब, रात के सन्नाटे में, छन-छनकर आता संगीत उसे 'सूटिंग' लगा।

छुट्टी के दिन सुबह कोई फिल्म शो देखना और फिर दोपहर का भोजन बाहर ही करना, अक्षय और राधिका की आदत-सी बनती जा रही थी। राधिका भी बाकी सप्ताह की एकरसता से बचने के लिए रविवार की राह देखती। घर व्यवस्थित हो गया था, कुछ काम करने का मूड अभी जमा नहीं था, इसलिए वह हल्की-हल्की ठंडवाले, लम्बे दिन राधिका ऐसे ही, कभी कुछ पढ़ते हुए या कुछ सोचते हुए बिताती? तीन साल के कठिन परिश्रम के बाद कुछ न करना कितना भला लगता था। नहीं तो, चाहे वर्षा हो या हिमपात, सुबह एक टोस्ट, एक गिलास सन्तरे का रस और

कॉफी लेकर उसे बाहर भागना पड़ता था। सुबह का क्लास पौने आठ पर शुरू होता था, उससे और विद्यार्थियों से पहले पहुँचने की अपेक्षा की जाती थी।

राधिका अक्सर उन दिनों की याद करती। चक्की के पाट में फँसे हुए प्राणी का-सा जीवन था वह, काम, काम, काम! पर अपनी निराशा और दुख को भुलाने का कितना अच्छा उपाय। रोज सुबह दो घंटे क्लास, या लैंग्वेजलैब में बिताकर राधिका फिर अपने क्लास में जाने के लिए खाली हो जाती थी। उसके अपने सारे क्लास अपराह्न में ही होते थे। पिछले दो वर्षों से इसी तरह, सुबह नौकरी व शाम को पढ़ाई का क्रम चलता रहा। राधिका जूडिथ नाम की एक यहूदी लड़की के साथ एक फ्लैट में रहती थी। जूडिथ से जो मितव्ययिता सीखी थी, वह अब काम आ रही थी। वह पूँजी, जो अपने आप संचित हो गई थी, उस पर राधिका एक वर्ष बिना कुछ किए काट सकती थी, यदि वह उसी सावधानी से काम ले। इसीलिए उसने अपने लिए एक भी नया वस्त्र नहीं खरीदा था, घर जुटाने में भले ही काफी कुछ खर्च हो गया था।

एक सुनहरी धूप से भरा रविवार। भोजन करने वे 'विपुला' में आकर बैठ गए थे। छोटा-सा रेस्तराँ काफी भरा हुआ था, अक्षय को चाइनीज खाना पसन्द था, राधिका को भी अरुचि नहीं थी।

"राधिका!" एक हर्ष-विस्मय भरा स्वर।

राधिका ने वेन्यू पर से आँखें उठाईं।

"मनीश?" उसके मुख से निकला।

"हाँ, मैं मनीश ही हूँ," कहकर मनीश की जिज्ञासु दृष्टि अक्षय पर तिर गई।

"अक्षय, ये मनीश हैं, मेरे पुराने परिचित," राधिका ने परिचय कराया, "और अक्षय—मेरे मित्र।"

मनीश ने मुस्कराकर परिचय स्वीकार किया और अक्षय का निमंत्रण पा वह तीसरी खाली कुर्सी पर बैठ गया।

राधिका ने अक्षय से कहा, "मैं पहले वर्ष जिस यूनिवर्सिटी में थी, वहाँ मनीश भी थे। फिर कनाडा चले गए थे।"

"तुम कब लौटीं?" मनीश ने मेज पर हाथ टिकाकर पूछा।

"बस थोड़ा ही समय हुआ। और तुम?"

"मुझे तो एक साल होनेवाला है।"

"अच्छा? तो अब यहीं रहने का इरादा है?" राधिका बोली।

"मुझे तो जानती ही हो, कहीं जमकर नहीं रहता।"

प्रवेश द्वार से एक युवती ने प्रवेश किया और मनीश को देखकर, एक आह्वानपूर्ण मुस्कान से उसकी ओर बढ़ आई।

अक्षय और मनीश उठकर खड़े हो गए, फिर परिचय हुआ—राधिका—कारिन—अक्षय—!

चौथी कुर्सी कारिन ने ली।

अक्षय कुछ अस्वस्ति तो अनुभव नहीं कर रहा है, यह जानने को राधिका ने उसे देखा, पर कारिन उसी की ओर मुख कर बात कर रही थी। मनीश मुस्कराया। सच, मनीश से कुछ नहीं छिपता।

कारिन कढ़ा हुआ कश्मीरी फिरन पहने थी। बहुत छोटे बाल, जिससे उसके सिर का सुन्दर आकार दीखता था, छोटा उज्ज्वल माथा, हल्की भौंहें, ग्रे रंग की आँखें, खड़ी नाक, सुन्दर, हल्के गुलाबी ओंठ।

मनीश को कभी किसी कुरूप युवती के साथ आज तक नहीं देखा गया। उसकी वाग्दत्ता विजया, जो भारत से भागी-भागी उसके पीछे पहुँची थी, उत्तर भारत के माप से सुन्दर थी फिर नयनतारा, उसकी दूसरी मित्र, जिसके कारण मनीश ने अपनी वाग्दत्ता से सम्बन्ध विच्छेद कर लिया था, किसी प्राचीन मन्दिर के स्तम्भ पर खुदी यक्षिणी-सी दीखती थी; और अब यह, कारिन!

मनीश मुस्करा रहा था।

"कैसा लग रहा है?" मनीश ने पूछा।

"और तुम्हें?" राधिका ने प्रश्न किया।

"मुझे तो बड़ा अच्छा लग रहा है।"

"क्या कर रहे हो?"

"पिछले वर्ष से यहाँ एक आर्ट इंस्टीट्यूट खुली है, भारत में आकर भारतीय आर्ट पर रिसर्च करनेवाले विदेशियों के लिए। उसी को सँभाल रहा हूँ। कारिन उसी में रिसर्च ट्रेनिंग में है। तुम?"

"अभी कुछ नहीं।"

"लेडी ऑफ लेजर।"

"हाँ—बड़ा अच्छा लग रहा है।" राधिका को लगा कि वह मनीश की बात दोहरा रही है।

तब कारिन ने मुड़कर राधिका से बातें आरम्भ कर दीं।

भोजन समाप्त होने पर एक-दूसरे के पतों का आदान-प्रदान हुआ। विदा लेकर जब राधिका अक्षय के साथ चली, तो कुछ अनमनी हो आई थी।

"आप ऊब तो नहीं गए?" उसने अचानक अक्षय से पूछा।

"नहीं, रोचक लोग थे।"

सड़क पार करने के लिए पेवमेंट के किनारे पर रुककर राधिका ने कहा, "हाँ आँऽ? मनीश को थोड़ा-सा जानती थी। डैन का परिचित था।"

डैन नाम यों सहज भाव से निकल आता। अब तो न पीड़ा बची है, न उसकी कचोट, केवल एक मलाल है, डैन के कारण परिवार को खो देने का।

"डैन भी मेरा एक मित्र था।"

"हाँ, मुझे विद्या ने बताया था।"

राधिका चौंक गई, "और क्या बताया था विद्या ने?" ट्रैफिक की हरी बत्ती जलने पर भी राधिका खड़ी ही रही।

"यही कि तुम दुलार में बेहद सिर चढ़ी हो गई हो।" अक्षय ने राधिका की बाँह पकड़ ली और सड़क पार करने लगा। राधिका यंत्रवत चलती गई।

उसकी पीठ के पीछे विद्या नितान्त अपरिचितों से उसकी चर्चा करती आई है, यह जानकर उसे मर्मांतक पीड़ा हो रही थी।

"और कुछ?" उसने पूछा।

"नहीं, पर, राधिका, विद्या वैसी बुरी नहीं जितनी कि तुम्हें लगती है। मन-ही-मन उन्हें तुम्हारा बहुत खयाल भी है," अक्षय ने कहा।

"होगा," राधिका का स्वर रूखा था। वह चुप रही।

घर लौटकर वह जाकर तख्त पर लेट गई। विद्या ने अपने ठंडे विश्लेषणवादी लहजे में अक्षय से उसके बारे में बातें की होंगी कि वह डैन के साथ चली गई थी और कुछ महीने के बाद डैन से अलग हो भूखों मरने की दशा आ गई थी, यह भी विद्या ने जरूर बताया होगा। तभी राधिका के मुख्यद्वार की घंटी बज उठी। अलसाते हुए सीढ़ियाँ उतरकर जब उसने द्वार खोला, तो देखा कि मनीश खड़ा है।

"आ सकता हूँ?"

अपना विस्मय प्रकट न करते हुए राधिका ने कहा, "हाँ आओ" और एक ओर हटकर राह दी। मनीश उसके पीछे-पीछे आया, और राधिका जब दहलीज पर ठिठक गई, तो वह भी रुक गया। फिर राधिका ने कुर्सियों की ओर हल्का-सा संकेत किया और स्वयं तख्त पर बैठ गई।

मनीश की प्रशंसात्मक दृष्टि कमरे की सादी सज्जा पर से होती हुई राधिका पर टिक गई। राधिका को अब ढाई-तीन साल बाद देख रहा था, पहले से अधिक साँवली और परिपक्व दीखती थी, अधिक गम्भीर था। ओंठों की कोरों में हल्की उदासी।

"गर्मी-सी होने लगी है। क्या मैं कोट उतार सकता हूँ?"

"हाँ-हाँ," राधिका ने कहा।

मनीश ने कोट उतारकर कुर्सी के पीछे लटका दिया। छत पर अपराह्न की उजली धूप बिखरी हुई थी, उसका प्रकाश और सुखद उष्णता कमरे में भी आ रही थी। उसमें राधिका का मुख बड़ा कोमल लगने लगा था।

"तुम्हारे लिए कॉफी बनाऊँ?"

"नहीं, अभी नहीं। कारिन को डिफेंस कॉलोनी पहुँचाकर आ रहा हूँ, तुमसे निश्चिन्तता से बैठकर बात करना चाहता हूँ।"

राधिका क्या कहती, मुस्करा दी।

मनीश साँवला है, लम्बा-दुबला शरीर, चलने-फिरने में एक सहज गरिमा, लम्बा ही चेहरा, मुद्रा में चापल्य और कभी-कभी शिशुओं-सा सारल्य। मनीश में कुछ ऐसा आकर्षण है कि अनजाने ही उसका सिर गोद में रख लेने का मन होता है, अपनी यह बात राधिका से उसकी एक सहपाठिनी

ने कही थी। मनीश को युवा-मित्रों की कमी नहीं होती, वह उनसे बहुत जल्दी ऊब भी जाया करता था। एक वर्ष में कई लड़कियों से मित्रता तो राधिका ने ही देखी थी।

"अच्छा राधिका, एक व्यक्तिगत प्रश्न पूछूँ, बुरा न मानना।"

राधिका ने प्रश्नभरी आँखें उसकी ओर फेरीं।

"यह अक्षय?"

"केवल एक मित्र। बल्कि आजकल मेरे एकमात्र मित्र। इन्होंने मेरी बड़ी सहायता की है, बहुत देख-भाल भी करते हैं।"

दोनों हाथों की उँगलियों को एक-दूसरे में फँसाते हुए मनीश ने थोड़ा हँसकर कहा, "तो तुम्हारा वही चारित्रिक पैटर्न नहीं बदला। मित्रों में तुम अब भी पिता को ही ढूँढ़ती हो।"

"यानी?" राधिका ने कहा। उसकी आवाज से लगा कि वह बुरा मान गई है।

"यानी कि तुम पुरुष में प्रेमी या पति नहीं ढूँढ़ती, पिता ढूँढ़ती हो। जीवन के एक संघर्षमय क्षण में डैन ने तुम्हें सँभाला, तुम कृतज्ञता में उसके साथ रहने लगीं, अब अक्षय देख-भाल कर रहे हैं, तो शायद उनसे विवाह कर लो। क्योंकि तुम जीवन में लंगर चाहती हो, उसे पूरी तरह स्वीकार करने को प्रस्तुत नहीं हो।"

राधिका का सिर नत हो आया था, कुछ देर बाद उसने मन्द स्वर में कहा, "हो सकता है कि मैं अक्षय से विवाह कर लूँ। मेरे जीवन में प्ले-ब्वॉय के लिए स्थान नहीं है। मैं संगी चाहती हूँ, जिसमें स्थिरता हो, औदार्य हो, जो मुझे मेरे सारे अवगुणों सहित स्वीकार कर ले। मेरे अतीत को झेल ले।"

"तुम समझती हो कि अक्षय में इतना साहस है?"

"यह तो समय ही बताएगा।"

कमरे में जो मौन छा गया था, उसकी अप्रियता तोड़कर हँसते हुए मनीश ने कहा, "मुझे क्षमा करना, राधिका। इतने दिनों बाद हम मिले हैं और मैं उपदेश देने बैठ गया। शायद मुझमें वृद्धावस्था के लक्षण आने लगे हैं। यह तो बताओ, तुमने मेरे कनाडा जाने के बाद क्या किया?"

तब राधिका ने भी हँसकर कुछ उबरने का प्रयत्न किया। वह कितने दिनों से, किसी से स्पष्ट भाषण करने को तरसी हुई थी, यह भी उसने अपने आप जाना। अक्षय के साथ ऐसी बातें नहीं हो सकतीं, उससे वार्तालाप के कुछ सीमित ही विषय हैं।

"डैन से अलग तो मैं तुम्हारे सामने ही हो गई थी। उसके बाद मुझे संस्कृत की सहायक शिक्षिका की नौकरी मिल गई। वहीं से मैंने एम.ए. कर लिया। फिर एकाएक वहाँ इतना त्रासदायक लगने लगा कि मैंने सोचा कि जब तक मैं भारत न लौटूँगी, शान्ति न मिलेगी।"

"शान्ति मिली?" मनीश मुस्कराया।

"नहीं मिली," राधिका उदास हो आई थी। "अक्सर टामस-वुल्फ की उस नावेल का शीर्षक याद आता रहता है। 'तुम घर वापस नहीं जा सकते।' कुछ अजीब ही किस्म की हो गई हूँ, न वहाँ सुखी थी न यहाँ।"

"तुम कॉफी बनाने को कह रही थीं?" मनीश ने कहा। राधिका के साथ वह भी उठा और दोनों कमरों के बीच खड़ा होकर बोला, "मुझे भी ऐसा ही लगता रहता है, यह कोई नई भावना नहीं है। और मैं तो सात साल बाद लौटा।"

राधिका ने परकोलेटर का प्लग लगा दिया।

"तुम्हारा परिवार भी तो है न?"

"मैं उन सबसे मिलने गई थी। बड़े भाई सपरिवार कलकत्ता गए थे। विमाता घर पर मिलीं, पापा से भी मिली, पर...!"

"उन्होंने तुम्हें क्षमा नहीं किया है," मनीश ने धीरे-से बात जोड़ी।

"हाँ, पर विश्वास नहीं होता था। सोचती थी कि जब वे मेरा मुख देखेंगे, तब शायद क्षमा कर दें...!" फिर मौन। आँसुओं से धुँधला गई दृष्टि राधिका ने झुका ली। आस-पास का शोर कमरे में घुस आया, नीचे आँगन में फटाफट धोए जाते कपड़े, सामने पार्क में गेंद खेलते बच्चों की आवाजें, पीछे गली में किसी स्त्री का कर्कश स्वर, और इन सबके ऊपर रेडियो पर फिल्मी धुनें।

"मैंने तुम्हें दुःखद प्रसंगों की याद दिला दी।" मनीश का दायाँ हाथ राधिका के कन्धे पर हल्के-से आ टिका।

"नहीं मनीश, तुम नहीं जानते कि इतने लम्बे समय की चुप्पी के बाद किसी समवेदक प्राणी से यह सब बताकर मुझे कितना चैन मिल रहा है, नहीं तो अपने में ही घुटते...घुटते...!"

मनीश का हाथ उसके कन्धे से हट गया। परकोलेटर में उबलते पानी के बुदबुदे दीखने लगे।

कॉफी का प्याला मनीश को पकड़ाते हुए राधिका ने कहा, "तुम अपने बारे में भी तो कुछ कहो। तुम्हारी वह इंस्टीट्यूट है?"

मनीश ने एक घूँट पीकर प्याला रख दिया। सूर्य शायद किसी बादल से ढक गया होगा, तभी कमरे से धूप एकदम लोप हो गई।

"तुम्हें बताया तो था, अभी पिछले वर्ष ही तो खुली है। मुझे डायरेक्टरशिप का ऑफर मिला। अच्छा-खासा था। मैं भी इतने वर्षों बाद भारत आकर देखना चाहता था कि क्या हाल है। यहाँ आकर अब लगने लगा है कि मुझे शीघ्र ही निर्णय लेना होगा कि मैं भविष्य में क्या करूँ। किसी अमरीकी लड़की से विवाह कर वहाँ बस जाऊँ, या वहाँ के आकर्षणों को छोड़कर भारत में रहूँ।"

"किसी अमरीकी लड़की के साथ?"

"यदि वह भारत में रहना पसन्द करे तो। पर अधिकतर पसन्द नहीं करतीं।"

मनीश ने प्याला उठा लिया, और कहा, "कॉफी अब पहले से भी अच्छी बनाने लगी हो।"

राधिका को हँसी आ गई, "तुम्हें जैसे अब तक उस कॉफी का स्वाद याद है।"

"मुझे डैन बेरूत में मिला था," मनीश ने कहा।

"अच्छा!" राधिका का स्वर उत्साहहीन था। मन से किसी का एकदम ऐसे निकल जाना उसके लिए नितान्त नया अनुभव था। पर डैन अब मृत है, राधिका के लिए अब वह एक भूली हुई स्मृति मात्र।

"राधिका, तुम कुछ नहीं कर रही हो तो हमारी इंस्टीट्यूट में ही मदद करो। हमारे लोगों को अक्सर ऐसे लोगों की जरूरत पड़ती रहती है, जो कि संस्कृत जानते हों, वक्त पड़ने पर दुभाषिए का काम कर सकें, कभी-कभी

फोटोग्राफी का भी काम कर दें। एक साहब मुगलकालीन वास्तुकला पर काम कर रहे हैं, कारिन राजस्थानी पेंटिंग के उद्भव और विकास पर और एक सज्जन भारत के विभिन्न प्रदेशों में घड़ों की आकृतियों को फोटोग्राफ कर रहे हैं।"

राधिका ने कहा, "देखूँगी। तुम क्या काम कर रहे हो?"

"आर्ट हिस्ट्री पर। अभी कुल चार-पाँच ही लोग हैं। ज्यादा समय तो एडमिनिस्ट्रेशन में चला जाता है, कई असिस्टेंट हैं, दो इंडेक्स कार्ड बनाने में लगे हैं, दो फोटोग्राफी के सामान और माइक्रोफिल्मिंग का भार सँभालते हैं।"

"बड़े महत्वपूर्ण हो गए हो।"

"हाँ, राधिका," मनीश ने गम्भीरता से कहा, "चाहता तो नहीं था, पर इस क्षेत्र में विदेश में लोग हैं ही कितने? जान-बूझकर जिम्मेदारी ओढ़नी पड़ी।"

"मैं क्या करूँगी?"

"तुम इसी तरह सजी-सजाई मेरे आफिस के एक कोने में बैठी रहना, इससे हमें और अतिथियों को प्रेरणा मिलेगी।"

आज राधिका ने गले में सोने की चेन डाल ली थी, करीब एक अँगुल चौड़ी, और कानों में बहुत दिन बाद कर्णफूल भी। मनीश का संकेत शायद उसी ओर है, जानकर राधिका झेंप गई।

"सुनो, तुम्हारे भी परिवारवाले होंगे?" फिर राधिका ने पूछा।

"नहीं, कोई नहीं है। तभी तो कोई दुःख या शिकायत नहीं है। चाचा-चाची ने पाला था, दोनों में अब कोई जीवित नहीं है। राजस्थान के एक कस्बे में एक मकान है, वह भी दो-तीन बरसात के बाद शायद ढह जाए।"

"अभी गुलमोहर नहीं फूले। न कोयल की कूक ही सुन पड़ी," राधिका ने निष्प्रयोजन ही कहा।

"अभी से कहाँ?" मनीश ने खाली प्याला मेज पर रख दिया और दोनों बाँहें पीछे कर कुर्सी पर आराम से अध-लेटा हो आया।

मनीश इस समय शान्त था, आँखें थोड़ी-थोड़ी झँपी हुईं, पूरा शरीर बहुत रिलैक्स होने की मुद्रा में। पर वह सहज है, राधिका यह जान रही

थी। उसने दो-एक बार मनीश की ओर ताका और फिर अपनी बाईं कलाई में पड़ी एक काँच की चूड़ी को छूने लगी।

"तुम यह कैसे कर पाती हो?" मनीश का प्रश्न सुनकर वह चौंक गई।

"क्या!"

"यह न बदलना। अभी भी वैसी हो, जैसी कि ओ'हेयर एयरपोर्ट पर उतरी थीं, वही केश-विन्यास, वही मधुर भाव-मुद्रा। मुझे याद है कि मैं नयनतारा के साथ डैन का स्वागत करने गया था, और तुम्हें उसके साथ उतरते देख बड़ी ईर्ष्या और रोष का भाव जागा था।

"रोष क्यों?" राधिका हँस पड़ी।

"वह तो स्वाभाविक ही प्रतिक्रिया है। एक तो विदेश में यहाँ की छटी-छटाई यानी काफी बदसूरत लड़कियाँ पहुँचती हैं, जिनकी शादी नहीं हो पाती। एकाध अच्छी पहुँचे भी तो उस पर किसी और का अधिकार देख रोष क्यों न हो।" मनीश की आँखों में कौतुक था।

"मुझे अच्छी तरह याद है, तुम हल्के पीले, बेहद हल्के पीले रंग की रेशमी साड़ी पहने थीं, जिसमें खूब चौड़ा कत्थई बॉर्डर था, आँखें विस्मय से गोल और आह्लाद से चमकीली, डैन की दाईं बाँह से घिरी, छोटे-छोटे कदम रखती, आयासहीन चाल, जैसे तैर रही हो। एयरपोर्ट पर तुमने ध्यान नहीं दिया था, पर उसी रात, डैन के फ्लैट में जब हम पहुँचे थे, तब तुम बालकनी में खड़ी थीं। मेरे अभिवादन करने पर तुमने घूमकर देखा, तब तुम्हारे मुख पर ऐसा भाव था कि तुम मेले में खो गई हो, सहमा, डरा हुआ। तब मैं नयनतारा से कहने को हुआ कि तुम्हें हम अपने साथ ले चलें। पर रुक गया, क्योंकि कमरे में आने पर तुम्हारी मौन आँखें केवल डैन का पीछा कर रही थीं," राधिका को यह सब सुनकर अच्छा लगा। कितने दिनों बाद पुरुष-मुख से अपनी प्रशंसा सुन रही थी, साथ ही सतर्क भी थी, शायद यह मनीश के सम्मोहन का एक भाग हो, एक टेकनीक।

"और अब तुम्हें देखता हूँ तो एक और सज्जन साथ लगे नजर आते हैं। तुम्हारे अक्षय जी...!"

राधिका ने बालों की एक लट पुनः जूड़े में खोंस दी। "अक्षय का मैं बहुत आदर करती हूँ।"

"पर सुखी वैवाहिक जीवन के लिए आदर पर्याप्त नहीं है, उसी तरह जैसे कि केवल परस्पर शारीरिक आकर्षण भी नहीं।"

"तुम बार-बार विवाह की बात क्यों छेड़ देते हो? मैं अभी विवाह करने के मूड में नहीं हूँ।"

मनीश ने राधिका की हथेली पकड़ ली और सहज भाव से कहा, "मूड आए तो बता देना।"

"क्यों? क्या पण्डित बनोगे?" राधिका चाह रही थी कि मनीश हाथ छोड़ दे, और उसे स्वयं न हटाना पड़े।

"देखो, तुम्हारी सारी दोपहर खराब कर दी," मनीश ने घड़ी देखी और उठ खड़ा हुआ, "अब तो चाय का समय हुआ। चलती हो?"

"आज नहीं, फिर कभी।" राधिका भी उठ खड़ी हुई, मनीश ने कोट पहना, टाई ठीक की और कहा, "फिर कभी ही सही।"

राधिका उसे नीचे तक पहुँचाने आई, और मनीश के जाने के बाद देर तक खड़ी सड़क को ताकती रही। उसे अपना मन हल्का-हल्का लग रहा था, साथ ही कई घंटों तक लगातार बातें करने की थकान भी शरीर में व्यापने लगी थी।

डिनर-पार्टी में जब अगली बार राधिका की भेंट मनीश और कारिन से हुई, तो उसे भारत आए कई महीने बीत चुके थे और उसकी सारी झुँझलाहटें फीकी पड़ गई थीं। कभी-कभी उसे आश्चर्य होता कि इतनी जल्दी उसने अपने चारों ओर का सबकुछ कैसे स्वीकार कर लिया। यह सच था कि उस स्वीकृति में उत्साह न था, बल्कि एक हताश भाव का ही प्राधान्य था। बसों के लिए घंटों पंक्ति में खड़ी रहती और बस के आने पर जो धक्का-मुक्की, आपा-धापी मचती उसमें वह दूसरों की कोहनियों से क्षत शरीर, बिखर आए बाल, जूतों से रगड़ी गई अपनी उँगलियाँ लिए, बस का स्टेप पकड़े झूलती हुई यात्रा करती, बेहद धूल भरे काँच के पार निष्प्रभ नेत्रों से देखती हुई और यह सब इसलिए कि अक्षय के आग्रह से वह सप्ताह में दो बार देकी के शिल्प-केन्द्र में चली जाती और विदेशी पत्रिकाओं से बुनाइयाँ डाल-डाल

देकी की बुननेवालों को सिखाती और उसी की राय से देकी ने आर्डर भी लेने शुरू कर दिए थे और उन वस्त्रों को नाप के अनुसार बनवाने का भार राधिका ने लिया। राधिका की सहायता के लिए देकी आभारी थी, और वह चाहती थी कि रेडीमेड वस्त्रों की भी एक दुकान खोल ले पर राधिका देकी के कामों में इतना लिप्त नहीं होना चाहती थी कि उसे अपने लिए समय न बचे।

उसे थोड़ी-सी खुशी इस बात की भी थी कि कभी-कभी अनिला भी उसके साथ चली जाती और नीना ने इस बीच कहीं यह समझ लिया था कि उसके प्रिय अभिनेता की हर फिल्म, हर नए स्टाइल और विदेश से आई वस्तुओं के परे भी जिन्दगी के और स्तर हैं, जिनमें आततायियों द्वारा देश के निर्वासित लोगों की व्यथा है, अपने आसपास के जीवन में बेचैनी और मुश्किलें हैं।

तब भी राधिका में एक बेहद अनमनेपन ने घर कर लिया था। अक्षय से भेंट होती रहती, अक्सर नीचे शंकर के घर भी उसे बुलावे मिलते रहते, पर सबकुछ करते हुए भी एक विचित्र अनिश्चितता और सारहीनता की भावना छाई रहती।

ऐसे में मनीश का फोन पाकर वह मधुर आश्चर्य में पड़ गई। इस बीच उसे केवल औरंगाबाद से भेजा मनीश का एक कार्ड मिला था, एक पंक्ति में कुशल-क्षेम, और फिर कई सप्ताह तक चुप्पी। मनीश अपने घर पर अपने कुछ परिचितों, कुछ व्यवसाय के मित्रों को पार्टी दे रहा था बहुत अनौपचारिक रूप से। रात को उसने राधिका के लिए कार भेज दी।

जब तक वह घर के अन्दर नहीं घुसी उसे उसकी भव्यता का अनुमान नहीं हुआ। बाहर से खूब बड़ा लॉन, साफ-सुथरी बाड़ और सैकड़ों गमले लगे दिखाई दिए। कार जो उसे लेने आई थी, एयरकंडीशंड थी। अन्दर जाते ही, गलियारा पार कर, खूब लम्बा-सा बरामदा, और उसके आगे सफेद पत्थरों का खुला चबूतरा और तब प्रांगण फिर लॉन और केले के झुरमुट। बरामदे में सरकंड़ों का फर्नीचर था, जिस पर काफी लोग अध-लेटे अध-बैठे थे।

रुकोगी नहीं राधिका

बरामदे में दीपाधार में कुछ दीये जल रहे थे और ढेर-सी चाँदनी यहाँ से वहाँ तक बिखरी हुई थी। उसे देख मनीश उठ खड़ा हुआ और पास आकर उसके दोनों हाथ बड़ी आत्मीयता से पकड़ते हुए कहा, "राधिका। गुड टू सी यू।" फिर उसका परिचय कराया और उसे दूसरों का परिचय दिया। "जीन, निशा, लारेंस, मॉर्कस, रौडनी, लारा, प्रवीण, दिवाकर, हेलेन, कुमार और क्रिस...!"

राधिका नमस्कार कर एक खाली पड़े मोढ़े पर बैठ गई।

"तुम क्या लोगी?" मनीश ने उसकी ओर झुकते हुए पूछा।

"और लोग क्या ले रहे हैं?"

"मैनहैटन, मार्टिनी, बरबन, स्कॉच ऑन रॉक्स, मैं ब्लडी मेरी पी रहा हूँ।"

"तो मैं भी वही लूँगी," राधिका ने कहा।

कुछ देर में, वर्दी पहने हुए एक बैरा उसे आदर से एक गिलास दे गया। देखने में वह सिर्फ ठंडा टमाटर का रस लगता था, राधिका ने एक घूँट लेकर जाना कि उसमें काफी मात्रा में बोदका भी होगी और गिलास थामे वार्तालाप सुनती रही। शायद लॉरेंस पुरातत्ववेत्ता था, वह राजस्थान में कई महीने बाद खुदाई की जगह से लौटा था, जीन दिवाकर से दक्षिण-भारत की यात्रा का उच्छ्वसित वर्णन कर रही थी। राधिका क्रिस को देखने लगी। क्रिस, यानी कृष्णा--वह सिल्क की लम्बी चोगेनुमा पाश्चात्य पोशाक पहने थी, ऊँचे गले पर तार का काम, पर भारतीय रंग व चेहरा कहीं नहीं छिपता। वह अपने पास बैठे एक युवक से पक्की बोस्टन की उच्चारण पद्धति में बात कर रही थी, "...तो प्रैविन के बॉस ने मुझसे पूछा कि सोडे के साथ, मैंने कहा कि नहीं, केवल राई, थोड़ी-सी बर्फ के साथ। तो प्रैविन के बॉस ने कहा, प्रैविन, तुम्हारी बीबी इतनी जबरदस्त ड्रिंकर है, यह मुझे मालूम नहीं था, अब तो मुझे तुम्हारी तनख्वाह बढ़ानी पड़ेगी।" कहकर उसने एक हिकारत-भरी दृष्टि निशा के गिलास पर डाली, जो कि स्पष्ट ही कोकाकोला पी रही थी।

कुछ देर में कारिन अन्दर से आई। वह एक बातिक प्रिंट की ड्रैस पहने थी--रंग उस अन्धकार में खोए-खोए, घुले-मिले से। वह राधिका को देखकर मुस्कराई और पास आकर खड़ी हो गई।

"हिन्दुस्तानी नौकर भी लीचड़ होते हैं। मैं कब से सिर मार रही हूँ और भोजन अभी भी तैयार नहीं है। तुम्हारा भी यही अनुभव है?"

"पता नहीं। मेरे लिए तो कभी ऐसी समस्या नहीं उठी," राधिका ने कहा।

"शायद मुझे अनुभवहीन पाकर तंग करते होंगे," कारिन ने लम्बी साँस लेकर कहा।

कारिन के आचरण से इस घर का स्वामिनीत्व टपक रहा था। कारिन राधिका से बात करती हुई बार-बार उस ओर देख लेती जहाँ मनीश जीन से बात कर रहा था।

उन मन्द स्वरों के पुंज में घिरी, अपने में सम्पृक्त राधिका, चिकन की सफेद साड़ी में, जिस पर नन्हीं-नन्हीं गुलाबी बूटियाँ कढ़ी हुई थीं, हाथ में पकड़े कॉफी के गिलास की नमी और ठंडक अनुभव करती हुई; और जो कुछ पीड़ा, दर्द अनुभवों का निचोड़ हर समय उसे सालता रहता था उसका किंचित भी आभास मुख पर न लाती हुई राधिका। वह कारिन को देख रही थी और जीन, लॉरेंस को, वह उनके देश में रह चुकी थी, पर वह उसका भाग कभी न बन सकेगी, यह बोध उसे जब हुआ था, वह उस स्नेहरज्जु को काट फेंकने के लिए छटपटा उठी थी। और अब यह उसका अपना देश था, पर कहाँ थे वे लोग; क्या मनीश, प्रवीण, क्रिस और वह स्वयं, किसी भी प्रकार अपने देश का प्रतिनिधित्व करते थे? राधिका को लगा कि जैसे वे पुतले हैं और एक विशेष प्रकार से आचरण करने के आदी हो गए हैं। चेहरे पर सोफिस्टिकेशन का एक मुखौटा पहने, जीवन से ऊबे हुए, असन्तुष्ट, एक बेचैनी मन में समोए हुए, जो कि न जाने कहाँ-कहाँ ले जाती है, कारिन की बाँहों में, राई के गिलास में, और...और...अक्षय की उपस्थिति की सुरक्षित भावना में।

राधिका को मन में तोष ही हुआ कि मनीश ने अक्षय को साथ लाने को नहीं कहा। वैसे अक्षय एक विदेशी फर्म में उच्च कर्मचारी है, पर हृदय से वह उतना ही भारतीय है जैसे रस-खीर, या होली पर कपड़ों पर पड़ा लाल रंग या पान की गिलौरी। अक्षय भला है, उसके आलिंगन में मादक रोमांच भले ही न हो; पर वह पत्नी को हर प्रकार की सुख-सुविधा देगा;

वह बच्चों के लिए अच्छा पिता बनेगा। मनीश की तरह नहीं कि...। राधिका को फिर विजया का सूखा, उदास मुख याद आ गया। विजया, जो मनीश के पीछे भारत से दौड़ी आई थी, और मनीश ने ठंडेपन से कह दिया था, 'विजया के प्रति जो कुछ था, वह मेरे अन्दर चुक गया है।' और अब कारिन; वह कितने दिन मनीश को बाँधकर रख सकेगी।

"बड़ी चुप हो राधिका," मनीश ने पास जाकर कारिन के कन्धे पर हाथ रखते हुए पूछा।

मनीश के पास होने पर उसकी उपस्थिति का ऐसे ही बोध होता है, जैसे कि कभी उत्तेजित अवस्था में अपने हृदय की धड़कन का। मनीश में कोरा शारीरिक आकर्षण नहीं है। जब उसके चेहरे पर गाम्भीर्य-रहित मुस्कराहट रहती है तब भी शायद मस्तिष्क में एक छोटी-सी मशीन टिक-टिक किया करती है, जो कि आसपास के लोगों को जाँचा करती है। वह एक अमरीकन यूनिवर्सिटी में एसोसिएट प्रोफेसर ऐसे ही नहीं हो गया है, न इस आर्ट-इंस्टीट्यूट का डाइरेक्टर। गम्भीर क्षणों में मनीश क्या होगा, यह जानने की जिज्ञासा राधिका के मन में जाग आई। मनीश को उसने अब तक एक पार्टीमैन की तरह ही जाना है, एक विशेष मुखौटे में, उसके पीछे का मनीश?

राधिका अपने पर झुँझला आई। निष्क्रिय मस्तिष्क दूसरों के बारे में बहुत सोचता है। कुछ देर बाद दिवाकर उठकर उसके पास आ बैठा। मनीश से बोला, "अब मैं इनसे बात करूँगा।"

"खुशी से," मनीश मुस्कराया, "पर दिवाकर से सावधान रहना राधिका, ये असन्तुष्ट भारतीय-संघ के प्रधान हैं।"

"यह मनीश बहुत ही कठोर हृदय का हो गया है।" दिवाकर ने कहा, "इसे अपने देशवासियों से ज़रा भी सहानुभूति नहीं है, इसके ठाठ देख रही हैं, मैं होता तो शर्म से गड़ जाता।" बात हँसी में कही गई थी, उसी तरह ली गई।

"जब दिवाकर अपना दुखड़ा रोने लगे तो बैरा को बुलाकर इसका गिलास फिर भरवा देना," चलते-चलते मनीश कह गया।

दिवाकर कुछ देर सीधी दृष्टि से उसे देखता रहा फिर पूछा, "आप मनीश के काम से सम्बद्ध हैं?"

"जी नहीं," राधिका ने संक्षेप में कहा। "और आप?"

"एक डिग्री कॉलेज में लेक्चरर हूँ। मैकगिल यूनिवर्सिटी से मैंने फिजिक्स में डाक्टरेट ली है।"

राधिका ने आगे नहीं पूछा। स्पष्ट ही था कि दिवाकर तीन-साढ़े तीन साल के हाड़-तोड़ श्रम के बाद लौटा होगा, और कॉलेज शायद ऊँचा पद देने के बजाय सालाना तरक्की भी न दे पाया होगा।

"मेरी बीवी कहती है कि हमें अपने देश के लिए त्याग करना चाहिए। हमें अपने देश में ही रहना चाहिए, अपने बच्चों का भविष्य देखना चाहिए। मेरा कनेडियन प्रोफेसर मुझे कई चिट्ठियाँ लिख चुका है, पर मेरी बीवी कहती है कि मुझे यहीं रहना चाहिए। बहुत सीधी-सादी, बहुत प्यारी-सी औरत है वह। पर मैं पूछता हूँ कि मेरे देश में मेरे लिए क्या है? मेरे कॉलेज में मेरे आगे के काम लायक लैब नहीं है, मेरे बच्चों को अच्छे स्कूल में दाखिला नहीं मिल रहा है। एक स्कूटर खरीदने के लिए मुझे बरसों इन्तजार करना पड़ रहा है, मेरा वेतन इतना नहीं कि मैं कभी चार दोस्तों को बुलाकर उन्हें अच्छी शराब पिला सकूँ, या एक नौकर रख सकूँ जिससे कम-से-कम मुझे दूध लेने के लिए लाइन में न खड़ा होना पड़े। बदले में मनीश को देखो या उधर देखो--प्रवीण और क्रिस को--और मेरी बीवी कहती है...।"

कारिन पास आकर खड़ी हो गई, "चलो राधिका, तुम्हें घर दिखा दूँ। तुम भी आओ दिवाकर...।"

राधिका असमंजस में पड़ी उठ खड़ी हुई। दिवाकर मुस्कराया, फिर हाथ से संकेत करता हुआ बोला, "जाइए, मनीश का घर देख लीजिए।" और आँखें मूँद लीं।

बड़े-बड़े सोलह कमरों में तीन में मनीश ने ऑफिस बना दिया, तीन कमरे आने-जानेवालों के लिए मेहमानगृह थे, तब भी ऊपर-नीचे काफी जगह थी और राधिका रुचि न होते हुए भी शिष्टाचारवश कारिन के साथ-साथ चलती गई। जब तक वे दोनों लौटीं, लोग भोजन के कमरे की ओर जाने लगे थे।

भोजन की मेज पर राधिका ने अपनी दाहिनी ओर एक अमरीकी युवक को पाया और बाईं ओर प्रवीण को। नए परिचय की औपचारिक बातों से

राधिका को बड़ी ऊब होती थी, ऐसे अवसरों पर शिष्टाचार तो बरतना ही पड़ता है।

सलाद का प्याला हाथ में पकड़े, जिससे राधिका को अपनी प्लेट में सलाद लेने में आसानी हो, उस युवक ने कहा, "मैं रौडनी हूँ, रौडनी मूर। यहाँ फुलब्राइट पर आया हूँ।"

लाल टमाटर के दो छोटे टुकड़े, एक लम्बी तरासी मूली का टुकड़ा और एक हरी मिर्च प्लेट में लेते हुए राधिका ने कहा, "मेरा नाम राधिका है। मैं कुछ साल तक आपके देश में थी। अभी कुछ महीने हुए लौटी हूँ।"

सलाद के प्याले को लेने के लिए राधिका ने हाथ बढ़ाया, कुछ क्षण दोनों की उँगलियाँ छूती रहीं, कोई स्पन्दन-रोमांच नहीं, जैसे कि दूसरी उँगलियाँ प्लैस्टीसीन की हों, फिर प्याला राधिका ने अपनी दूसरी ओर बैठे प्रवीण को पकड़ा दिया।

रौडनी ने पूछा, "आपको कैसा लगा हमारा देश?" वही घिसा-पिटा प्रश्न। शिष्टाचार का तकाजा था कि एक उच्छ्वास के साथ कहा जाता 'आई लव्ड इट'। पर ऐसे अवसरों पर भी राधिका झिझक जाती थी, इसलिए उसने बड़ी सादगी से कहा, "बहुत सुन्दर प्रदेश है।" यह कहते उसके आगे उत्तरी अमरीका का एक त्वरित चित्र, सिनेमा-रील की तरह दौड़ गया—कैलीफोर्निया का सागर तट, कोलौरैडो के पहाड़, नदियाँ, हरे-भरे खेत, फूल के वृक्ष, लाल-पीली नारंगी पत्तियों की वर्षा और हिम-पात।

रौडनी मुस्कराया।

"और आपको कैसा लगा हमारा देश?" राधिका ने पूछा।

रौडनी उत्तर देने से पहले कुछ रुका, "बहुत रोचक, बहुत!"

अमरीकन हमेशा ऐसा कहकर अप्रिय प्रसंग को टाल देता है, राधिका यह जानती थी। फिर भी अपने सलाद पर हल्का-सा नमक छिड़कते हुए उसने बात आगे बढ़ाई, "किन मानों में?"

"जैसे बम्बई को ही लो," रौडनी ने धीरे-धीरे मुँह चलाते हुए कहा, "हवाई अड्डे से शहर जाते हुए जिन स्लम्स का सामना पड़ता है, उसे देखकर भारत के बारे में हमारी धारणाओं की पुष्टि होने लगती है। मेरी बात का बुरा न मानें, वह चित्र जो कि हमारे सामने रखा जाता है..."

"और जिसका श्रेय पश्चिमी पत्रकारों को है," राधिका ने तलख़ी से जोड़ दिया।

रौडनी ने अब कटलेट्स की प्लेट उसकी ओर बढ़ा दी, राधिका ने एक कटलेट लिया, और फिर प्लेट स्वयं पकड़ ली, जिससे कि रौडनी खुद भी ले सके।

बात रौडनी ने शुरू की, "एयरपोर्ट के रास्ते के बाद जब हम शहर में आए, तो लगा ही नहीं कि हम किसी गरीब देश में हैं। बड़ी-बड़ी मोटरें, औरतों के कानों में दपदपाते हीरे, रेस्तराँ में भरे हुए लोग, दुकानों में हर समय खरीद-फरोख्त!"

राधिका ने काँटे से एक टुकड़ा काटकर टमाटर के सॉस में छुआया और मुँह में डाल लिया। "और भारतीय नैतिकता, आप बुरा न मानिए, सड़क पर चलना मुश्किल; जबकि कोई साथ न लग जाए...या फिर 'चेंज मनी सा'ब, चेंज मनी', कोई भारतीय भाषाओं से अनजान हो, तो यही समझे कि चेंज मनी भारतीय ग्रीटिंग हैं।"

राधिका थोड़ा-सा हँसी,

"दिल्ली में भी यही। मुझे एक भारतीय मित्र ने ही बताया कि अच्छे-अच्छे घरों की लड़कियाँ..."

"मैं विश्वास नहीं कर सकती," राधिका ने दृढ़ता से कहा, "वैसे हर देश में ऐसी बुराइयाँ ढूँढने से मिल जाती हैं। शिकागो का पुअर सेक्शन आपने देखा ही होगा, वहाँ स्कूलों और कॉलेजों में नैतिकता का जो स्तर है वह भी आपको मालूम ही है।"

"पर उसमें एक बड़ा फर्क है? हमारी सभ्यता में स्त्री-पुरुष की मैत्री बहुत नैसर्गिक, अकृत्रिम समझी जाती है। यह जीवन-साथी चुनने की एक पद्धति है। पर वही काम धन के लिए करना दूसरी कैटेगरी में आ जाता है...और फिर हम लोग अपने आत्मिक-ज्ञान को बघारते नहीं। ठीक है हम भौतिकवादी हैं, और उसे स्वीकार करते हैं।"

राधिका का कटलेट समाप्त हो गया था, और उसे एकदम इसका जवाब नहीं सूझा। फिर उसने कहा, "यह सब पश्चिमी भौतिकवाद की ही देन है।"

बहस कटु और अप्रिय न हो जाए, इसलिए भी राधिका ने बात बदलते हुए पूछा, “और आप कहाँ-कहाँ घूमे?”

शायद रौडनी ने भी कुछ स्वस्ति अनुभव की, क्योंकि वह राधिका की बात का उत्तर न दे अपनी बाईं ओर बैठी युवती से बातें करने लगा। राधिका के दूसरी ओर प्रवीण बैठा था, इतनी देर चुप रहने के बाद उसने पूछा, “क्या आपने पत्रकारिता का डिप्लोमा लिया है?”

“नहीं, फाइन-आर्ट्स का,” राधिका ने कहा।

“अच्छा!” प्रवीण ने चकित होने का-सा भाव मुँह पर लाकर कहा, “मैंने सुना था कि आपके भूतपूर्व पति एक प्रख्यात पत्रकार थे, इसलिए सोचा...”

“कितना रोचक!” राधिका ने बिलकुल अमरीकी लहजे में कहा, “आप भारत के किस भाग से हैं?”

“उत्तरी भाग।”

फिर राधिका उस वोस्टन अंग्रेजी का उत्तर हिन्दी में ही देती गई। कुछ वाक्यों के बाद स्थिति काफी हास्यास्पद हो गई, शायद इसे स्वयं अनुभव कर प्रवीण ने कहा, “मेरी आदत हिन्दी बोलने की छूट गई है।”

“स्वाभाविक ही है।”

“हमारे बच्चों को तो अंग्रेजी छोड़कर कोई और भाषा ही नहीं आती।”

“आपको तो इस पर गर्व होगा।”

प्रवीण कुछ देर तक उसे घूरता रहा और फिर अपने दूसरी ओर बैठी स्त्री की ओर मुड़ गया।

अपने दोनों ओर बैठे पुरुषों से त्राण पाकर राधिका ने स्वीट डिश, आइसक्रीम के साथ स्ट्रॉबेरी खाने पर ध्यान दिया। स्ट्रॉबेरी तो अब वहाँ भी आने लगी होंगी, एकाएक उसने सोचा, बर्फ कब की पिघल गई होगी और झील के ठंडे पानी में लोग स्नान करने लगे होंगे...

कॉफी के लिए लोग उठ आए, राधिका भी आकर बरामदे में खड़ी हो गई। चाँदनी अब भी केले के पेड़ों पर बिखरी थी, राधिका का मन

एकाएक बेहद भारी हो आया। जब मनीश पास आकर खड़ा हो गया, राधिका कह उठी, "कैसे बोर लोगों के बीच बैठ गई थी। सिर-दर्द हो गया।"

"बेचारी लड़की," मनीश ने दुलार से कहा, "चलो, कुछ देर बाहर बाग में घूम लें, सिर-दर्द कम होगा।"

राधिका ने मेहमानों को देखा, जो एक-एक करके भोजन के कक्ष से निकल रहे थे।

"कारिन उनकी देखभाल करेगी," मनीश ने कहा।

गलियारा पार कर वे लोग बाहर आ गए, जहाँ चाँदनी थी और हल्की-सी ठंड भी।

राधिका ने खूब लम्बी साँस ली, "कहीं मेंहदी फूल रही है।"

"हाँ, पास ही," मनीश ने कहा।

कुछ देर वे सफेद, चौकोर पत्थरों पर टहलते रहे, फिर राधिका ने चप्पलें उतारकर कहा, "मैं तो घास पर बैठूँगी।"

"तब फिर इधर आओ। सामने शाम को ही पानी दिया गया है राधिका," मनीश ने कहा। अब वे मकान के पार्श्व के लॉन में थे। एक ओर चहारदीवारी थी। दूसरी ओर घना लता-मंडित मकान का पार्श्व, पीछे केले के कुछ और पेड़। एक हिंडोला भी था।

"झूला!" राधिका ने बच्चों की तरह ताली बजाकर कहा, और उत्सुक-सी उस ओर बढ़ गई।

"झूलोगी?"

मनीश के स्वर के कौतुक से लजाकर राधिका ने कहा, "नहीं।" और नीचे बैठ गई।

कुछ देर बाद राधिका ने कहा, "बड़े ठाट से रह रहे हो मनीश। देखो, कितना बड़ा घर...कितने नौकर-चाकर..."

मनीश के चेहरे की रेखाएँ चाँदनी में घुल-सी गई थीं। उसने मन्द स्वर में कहा, "ठीक ही है।"

"यह प्रवीण भी अजीब है। डैन को मेरा भूतपूर्व पति बताने लगा," कुछ देर बाद राधिका ने कहा।

मनीश चुप रहा।

"कब लौटने का इरादा है?" राधिका ने पूछा।

"सोचता रहता हूँ कि लौटूँ या नहीं। जितने अधिक दिन विदेश में रहूँगा, भारत में आकर बसना उतना ही मुश्किल हो जाएगा।"

"तो क्या तुम भारत में बसने की सोच रहे हो?" राधिका के स्वर में आश्चर्य था।

"कहा न, कि कुछ तय नहीं कर पाता," मनीश ने दाहिने घुटने पर बाँहें टिका लीं और कहीं दूर देखने लगा, "भाग-दौड़ की जिन्दगी से थकता जा रहा हूँ। सफलता है, धन भी पर चैन नहीं।"

"कारिन क्या भारत में रहना पसन्द करेंगी?"

"मैंने अभी उससे पूछा नहीं है। कारिन अच्छी लड़की है मगर..."

"मनीश, तुम क्या हमेशा ऐसे ही रहोगे?" राधिका ने शिकायत के-से कंठ से कहा। मनीश धीरे-से बोला, "नहीं राधिका, मैं पहले से बहुत सोबर होता जा रहा हूँ। ठीक है, विजया के साथ जो मैंने किया उसके लिए मैं लज्जित हूँ, वही मैं ऐसे कर सकता था कि उसे चोट न पहुँचे।"

फिर काफी देर राधिका चुप रही। घास के तिनके उखाड़-उखाड़ दाँतों के नीचे कुतरती रही। "औरंगाबाद से तुम्हारा पत्र मिला था।"

"मिला था? मैंने इसलिए डाला था कि कहीं तुम यह न सोचने लगो कि मैं कहाँ लोप हो गया?"

"खयाल तो मुझे आया था।" फिर कुछ देर चुप रहने के बाद राधिका ने कहा, "अब अन्दर चलें। कारिन शायद खोज रही हो।" और उठने लगी। मनीश ने उसका हाथ पकड़कर उसे वापस बैठा दिया। "अन्दर बहुत कम लोगों को इतना होश होगा कि हमारे बारे में चिन्ता करें।"

"पर कारिन?"

"अपने घर में जहाँ चाहूँ, जिससे चाहूँ बैठकर बात करने का अधिकार तो मुझे है, राधिका!"

"हूँ।"

"तुम नर्वस क्यों हो रही हो?"

"नहीं तो," राधिका ने कहा।

फिर मनीश ने अपना सिगरेट रगड़कर वहीं बुझा दिया और आगे बढ़कर राधिका को कोमलता से बाँहों में भर लिया, शायद उसकी प्रतिक्रिया की परीक्षा में।

पर राधिका उसकी बाँहों को अलग कर उठ खड़ी हुई।

"मनीश, मैं फिर इन्वॉल्व नहीं होना चाहती," उसने कहा। उस एक क्षण में राधिका के मन में कौंध गया कि जाने-अनजाने उसने ऐसी ही स्थिति की आकांक्षा की थी, तभी से, जब से मनीश फिर से सामने पड़ा था। अन्दर से सम्मिलित ठहाकों का स्वर आया, मेंहदी की सुगन्ध। लम्बे समय के बाद वांछित पुरुष के स्पर्श ने राधिका को धीरे-से सुलगा दिया था, पर उसने मुड़कर मनीश को नहीं देखा।

सुबह ही दरवाजे की घंटी बजने लगी। राधिका के जाकर दरवाजा खोलने पर 'मल्लिका' फूल की डेलीवरी-वैन खड़ी दिखी और वैनवाला उसे ढेर सारे फूल पकड़ाकर चला गया। उन लम्बे डंठलवाले ग्लैडियोलाई पुष्पों को वैसे ही बाँहों में भरे-भरे राधिका को लम्बे फूलदान माँगने प्रेमा के पास जाना पड़ा।

अनिला और नीना पास आ गईं और 'कितने प्यारे', 'कितने स्वीट' कहती रहीं।

"किसने भेजे हैं? कहाँ से आए हैं?" नीना ने पूछा।

"एक मित्र ने भेजे हैं," राधिका ने कहा। कार्ड साथ न होने पर भी वह जानती थी कि मनीश के अतिरिक्त कोई और उसे फूल नहीं भेज सकता।

उन फूलों को कमरे में रखते हुए गत रात्रि की स्मृति फिर ताजी हो आई। राधिका को अपनी दृढ़ता पर आश्चर्य हुआ और थोड़ी खुशी भी। सुबह को इस उजली धूप में भी उसे लगा कि उसने ठीक ही निर्णय लिया। इससे पहले सदैव वह भावनाओं के साथ बहती रही, कभी यह नहीं सोचा कि यह लहर उसे किस तट पर ले जाकर पटकेगी। फिर भी,

मनीश के आगे अक्षय कुछ 'फैड' कर जाता है। ठीक है उसमें मनीश-सा सोफिस्टीकेशन नहीं है, पर वह अस्थिरता भी तो नहीं है।

फूल लग जाने के बाद राधिका देर तक कमरे में विभिन्न कोणों से देखती रही। और फिर एकाएक उदास होकर वह वापस तख्त पर जा लेटी और मुख ढाँप लिया।

सारी सुबह वह ऐसे ही पड़ी रही। वैसे तो रविवार था, पर कई सप्ताह से उसका अक्षय के साथ बाहर जाने का क्रम टूट-सा गया था, एक तो बहुत दिनों से कोई अच्छी फिल्म नहीं आई थी, दूसरे अक्षय को अपने ऑफिस के काम में बेहद व्यस्त हो जाना पड़ा था। कभी-कभी राधिका स्वयं ही उस ओर चली गई, तो सोनाम को अकेला पाया। पिछले रविवार को देकी राधिका के पास आ गई थी, मोमो बनाकर लाई थी और दोनों ने साथ बैठकर तिब्बती भोजन किया।

ग्यारह बजे के करीब नीना की पुकार सुन पड़ी कि उनके लिए फोन है। मनीश जानना चाहता था कि क्या वह खाली है? राधिका ने कुछ देर सोचा, फिर निर्णय ले लिया कि वह यह रविवार मनीश ही के साथ बिताएगी।

वह विचारमग्न तैयार हुई, अक्षय के लिए एक चिट छोड़ दी कि वह आज खाली नहीं है, और घर से चल दी। मनीश विपुला में उसकी प्रतीक्षा कर रहा था।

मुस्कराया, "आओ बैठो।"

राधिका के बैठ जाने पर उसने पूछा, "आज मुझे आशा थी कि तुम खाली होगी। फिर भी सोचा कि फोन करके पूछ ही लूँ।"

"अक्षय आजकल बहुत व्यस्त है," राधिका ने कहा। उसने कॉफी पीने को मना कर सिर्फ एक कोकाकोला पीना चाहा।

"तुम कहीं दूर हो राधिका?"

"मैं? नहीं। यहीं हूँ, कुछ सोचने लगी थी," राधिका ने कहा। फिर शिष्टाचारवश कहा, "कल तुम्हारी पार्टी बड़ी सफल रही।"

"लोग तो तीन बजे तक जमे, तुम्हीं जल्दी चली गई थीं।" पर मनीश के स्वर में कोई टोन नहीं थी।

"मेरी आदत छूट गई है।"

"पार्टियों में देर तक बैठने की या प्रशंसकों से 'कोप' करने की?" अब वह खिंजा रहा था। राधिका ने कहा, "दोनों ही।" फिर कुछ क्षण बाद "और तुम शायद हमेशा ही रिहर्सल करते रहते हो।"

"मैं बहुत गम्भीर था," मनीश ने कहा।

"क्यों? क्या कारिन से जी भरने लगा?" राधिका ने कुछ व्यंग्य से पूछा, और फिर अपने पर ही लज्जित हो कोकाकोला के गिलास में पड़े स्ट्रॉ को मुँह में लगा लिया।

"कारिन मेरी छात्रा है," मनीश ने कहा, "तुम आज कैसी-कैसी बातें कर रही हो?"

"मुझे दुख है," राधिका ने कहा और अपने पर नियंत्रण किया। मनीश ने उसे आमंत्रित किया है। और वह बैठी-बैठी कैसी क्षुद्र बातें कर रही है। कुछ देर बाद वे विपुला से निकले और हल्की गर्द-भरी धुन्ध में, कपास के वृक्षोंवाली सड़क पर कुछ देर टहलते रहे। राधिका ने बंगाल की सूती साड़ी पहन रखी थी, बिना बाँहों की ब्लाउज, ढीले हो आए बाल, चेहरा सदा की तरह निराभरण, निरलंकृत, ओठों पर रंगहीन लिपस्टिक जिससे केवल हल्की-सी आभा आ जाए।

मनीश ने भी अपने को राधिका के मूड में ढाल लिया था। सदा की तरह शिष्ट, हल्के गर्म स्वर में कभी-कभी कुछ अच्छी लगनेवाली बात कह देता। राधिका को उसकी आँख दीप्त और मनोशीष आकर्षण से भरपूर लग रही थी।

राधिका के पैर धूल से अट गए और साड़ी से पीला बार्डर भी मटमैला हो चला। सड़क के किनारे वह रुककर खड़ी हो गई, और तब पास गुजरती टैक्सी को रोक मनीश राधिका के साथ बैठ गया।

"फ्रेंड्स कालोनी" उसने टैक्सीवाले से कहा।

राधिका हल्का-सा चौंकी, पर कुछ बोली नहीं।

'ठीक है मनीश के घर ही सही। सड़क पर कब तक टहला जा सकता है!'

टैक्सी चलने पर राधिका ने पूछा, "तुम्हारी कार क्या हुई?"

"लॉरेंस को छोड़ने पालम गई है," मनीश ने कहा। दिन की उजली-उजली धूप में घर और भी भव्य लगता था। आहट पाकर कई नौकर निकल आए—माली, चपरासी, बैरा।

मनीश राधिका को बैठक में ले गया। वातानुकूलित कमरे में ठंड में राधिका चैन की लम्बी साँस लेकर एक सोफे पर जा बैठी।

"इतनी बड़ी कांसे की मेज पहले कभी नहीं देखी," राधिका ने बीच की गोल मेज छूते हुए कहा।

मनीश के पास बैठकर कहा, "इस घर की हर चीज किंग-साइज है।"

"इस ऐश्वर्य में तुम स्वयं एक किंग की तरह रह रहे हो," राधिका ने कहा और एक बेचैनी के वश हो उठ खड़ी हुई।

"क्या मैं इस स्वर में थोड़ी ईर्ष्या सुन रहा हूँ?"

"थोड़ी नहीं, ढेर-सी, बहुत ढेर-सी।"

"क्यों राधिका, तुम इतनी उद्विग्न क्यों रहती हो?" मनीश ने यह कुछ ऐसे पूछा कि राधिका टूटकर फिर सोफे पर जा बैठी, उसे लगा कि वह अब और नहीं सह पाएगी।

मनीश कुछ देर को बाहर गया शायद बैरे को कुछ आदेश देने के लिए।

फिर वह लौटा और आकर राधिका के पास बैठ गया, बिलकुल पास। राधिका निश्चेष्ट बैठी रही। मनीश ने दाईं बाँह से राधिका का कन्धा घेरकर उसका मुँह अपनी ओर करते हुए पूछा, "क्यों राधिका, बताया नहीं, तुम्हें क्या परेशान किया करता है?"

"सबकुछ," राधिका कहकर कुछ देर चुप रही, इस डर से कि भावावेग के कारण कहीं वह रो न पड़े।

"सबकुछ," उसने अपने को थोड़ा-सा संयत करते हुए कहा, "मेरा परिवार, मेरा परिवेश, मेरे जीवन की अर्थहीनता, और मैं स्वयं जो होती जा रही हूँ, एक भावनाहीन पुतली-सी...!"

"तुम भावनाहीन होती जा रही हो, यह तुमसे किसने कहा? बल्कि तुम्हारे साथ समस्या यह है कि तुममें भावनाएँ ही प्रधान हैं..." वह मनीश की बाँहें अपने से दूर करती हुई एक बार फिर उठ खड़ी हुई।

मनीश ने उठने की चेष्टा नहीं की, एक सिगरेट सुलगाने के बाद उसने पूछा, "राधिका, कहीं तुम अब भी 'रिवर्स कल्चरल शॉक' से तो आक्रान्त नहीं हो?"

"क्या मालूम!" राधिका का स्वर मन्द था।

तब मनीश भी उठा, जाकर उसके पास खड़ा हो गया। लॉन की ओर खुलने वाली खिड़की के पास पिटूनिया की क्यारी पर राधा नेत्र गड़ाए थी।

"जब हम अपना देश छोड़कर बाहर जाते हैं, तो पहले छह महीने हम एक 'कल्चरल शॉक' के दौरान बिताते हैं, जबकि हर कदम पर हमें अपना देश, अपनी संस्कृति ऊँची दिखाई देती है। फिर हम उस देश में रहने के आदी हो जाते हैं। दो साल, ढाई साल, उस नए देश में रहकर उसके रीति-रिवाज के आदी होकर हम अपने देश में वापस आ जाते हैं, तो हमें एक धक्का दुबारा लगता है, रिवर्स कल्चरल शॉक।"

"क्या तुम्हें भी ऐसा लगा?" राधिका ने पूछा।

"हाँ, राधिका। यद्यपि मैं इसके लिए तैयार न था। मैं सात साल बाद लौटा था, पर फिर भी कुछ चीजें, कुछ हद तक मुझे काफी अखरीं। मेरा मन बार-बार हुआ कि मैं किसी से चीखकर कहूँ कि आप लोगों ने किसी स्वस्थ दिशा की ओर तरक्की क्यों नहीं की। माना कि हम पिछड़े हुए हैं, पर हम कम-से-कम सभ्य और शिष्ट तो हो सकते हैं। अपनी जहालत और आलस्य को दूर कर सकते हैं। पर नहीं, यहाँ तो यह है न कि जिससे जितना बन पड़ता है, उतना ही सताने पर तुल जाता है। फोटोग्राफी का सामान छुड़वाने के लिए मुझे बेतरह परेशानी उठानी पड़ी। पचीसों निरुद्देश्य चक्कर यहाँ वहाँ लगाने पड़े। टैक्सीवालों का बदतमीज लहजे में बात करना, अपने ही स्टाफ की गैर-जिम्मेदारी, ये सब बातें मुझे शुरू में बहुत अखरीं, मगर ये सब छोटी बातें हैं, जो कि कुछ समय बाद जेहन से अपने आप उतर जाती हैं। फिर, अब दशा पहले से बेहतर भी है।"

"कैसे?"

"फोटोग्राफी का सामान कस्टम चुकाकर छूट गया, कार आ जाने के बाद मैंने टैक्सी पर चढ़ना बहुत कम कर दिया और स्टाफ के गैर-जिम्मेदार लोगों को मैंने दिल कड़ा कर बर्खास्त कर दिया।"

दरवाजे पर थपकी पड़ी और बैरा एक ट्रे में लम्बी डंडीदार दो बहुत कोमल से गिलास लेकर आया। गिलासों के किनारे पानी की नन्हीं-नन्हीं बूँदें जमी हुई थीं और उनमें जो पेय था वह एक घूँट से अधिक न होगा।

"लो, राधिका अक्वावीत है, यानी आबेहयात।"

"आबेहयात?"

"हाँ। डेनमार्क से होकर आते समय एक बोतल ले आया था।"

मनीश ने अपना गिलास एक घूँट में खाली कर ट्रे में रख दिया। राधिका ने भी देखा-देखी वैसा ही किया और एकदम उसके मुख से निकल पड़ा, "उफ, मैं तो फुँक गई। बड़ा अच्छा है आपका आबेहयात!"

मनीश ने बैरा को जाने का संकेत करते हुए, हँसकर कहा, "क्यों, पसन्द नहीं आया?"

राधिका के माथे पर पसीने की बूँदें चुहचुहा आई थीं, उन्हें पोंछते हुए उसने कहा, "नहीं, पसन्द आया।"

"कम-से-कम तुम्हारे स्नायुओं का तनाव तो कम होगा। यदि गोली देता, तो तुम खातीं नहीं, और सारे दिन खूब कसे हुए वाद्य के तारों की तरह खिंचे स्नायु लिए बैठी रहतीं।"

और अपराह्न, सचमुच, बड़ी जल्दी बीतता-सा लगा। भोजन के बाद वह मनीश के ऑफिस में जाकर इंस्टीट्यूट के संग्रहालय के लिए क्रय की गई कला-वस्तुएँ देखती रही, ग्यारहवीं शताब्दी की श्रीदेवी की एक मूर्ति, दक्षिणी मन्दिर के भग्न रथ के पहिए, मिनिचयर पेंटिंग के कुछ सुन्दर नमूने, रौडनी द्वारा लिए गए भारतीय घड़ों के विभिन्न चित्र। उसके बाद वे फिर बैठक में लौट आए और मनीश ने बेथोवन की एक सिंफनी का रेकार्ड लगा दिया और बाईं बाँहें सोफे की पीठ पर पूरा फैलाए सिर नत किए सहारा लिए राधिका कुछ शिथिल, कुछ सुप्त और सन्तुष्ट-सी बैठी रही।

सुबह आकाश में दूर उड़ते हुए कुछ पक्षी, शायद सफेद कबूतर, जिनके पंख धूप में चाँदी की तरह झिलमिला रहे थे। कमरे में ताजी कॉफी की सुगन्ध, मन पर एक बड़ा-सा बोझ, रह-रहकर अक्षय का खयाल आ जाता, पर उसे

मन से पीछे धकेल देती। लौटने पर अक्षय का पत्र प्रतीक्षा करता मिला था, "मैं आ ही रहा था, तब तुम्हारी चिट मिली। ये मैटिनी के टिकट हैं। आते ही सूचना देना, मैं घर पर ही रहूँगा।" पर राधिका जब लौटी तब अँधेरा-सा होने लगा था और उसके जाने पर अक्षय बहुत क्लान्त और झुँझलाया-सा लगा, राधिका को तब अपने पर थोड़ी-सी ग्लानि हो गई।

काफी देर छत पर टहलने के बाद राधिका ने स्नान किया, कपड़े बदले, बाल सँवारकर सोचा कि जरा बाजार तक हो आए।

"आप तो बहुत दिनों से नीचे आती ही नहीं।" नीचे उतरते ही प्रेमा से भेंट हुई, जो तरकारी खरीद रही थी। राधिका ने कुछ नहीं कहा, मुस्करा-भर दी। तरकारीवाली की डलिया में हरी-हरी मटर की फलियाँ, गाजरें, अनजान में ही उसने सब यह रंग सजा रखे थे, जो कि नेत्र-प्रिय लगते थे।

कुछ दूर जाकर राधिका का जी उचट गया। सड़क पर ऑफिस जानेवालों की बेतरह भीड़ थी—हर बस अड्डे पर ठठ-के-ठठ।

उसे लगा कि वह इस भीड़, शोर-शराबे, चहल-पहल से एकदम कटी हुई है, वह अपने परिवेश का भाग नहीं रही, वह यहाँ रहते हुए भी निर्वासिता है, उसका जीवन निरुद्देश्य यात्रा है, एक लम्बी अन्धकारपूर्ण सुरंग—दो वर्ष पहले इस बोध ने उसे काफी विचलित किया था, पर वहाँ तो भिन्न परिवेश था ही, एक भिन्न संस्कृति, वहाँ रहकर पार्थक्य की भावना बहुत सहज और स्वाभाविक थी, स्वदेश लौटकर स्वजनों के मध्य शायद उसके अन्दर का यह हिमखण्ड पिघल जाए! पर ऐसा सम्भव नहीं लगता। नित्य-प्रति के जीवन की क्रियाएँ वह मशीनी भाव से सम्पन्न करती आई है, यह बेचैनी, यह ऊब-भरी अकुलाहट बढ़ती जाती है।

राधिका सड़क पर चलती गई। घरों की चहारदीवारियाँ नीची थीं, वह फाटकों पर लगी नाम की तख्तियाँ पढ़ती गई। एक वकील की शानदार कोठी, पोर्टिकों में नीली मार्क टू गुलदावदी के गमले, हरे एस्परैग्स, उसके बाद एक लेडी डॉक्टर का एक मंजिला मकान, काफी आधुनिक ढंग

का—पर सीमेंट की जाली ने सारी खूबसूरती हर ली थी। जाली गेरू के रंग से पुती थी, डॉक्टर अवश्य काफी धनी होगी, नहीं तो लम्बी-सी अमरीकन कार को गैरेज में रखने की सामर्थ्य कहाँ से लाती। कुछ आगे चलकर सड़क बाएँ हाथ को मुड़ गई थी, जिस पर लगातार बसें आ-जा रही थीं, उनके पीछे स्कूटर, मोटरें—सभी पागलों की तरह गन्तव्य पर पहुँचने की हड़बड़ी में।

राधिका सीधी चली गई। बंजर पड़े मैदान में टैंट लगा हुआ एक छोटा-सा स्कूल, एक चिड़चिड़ी मुद्रा लिए युवा मास्टरनी बच्चों को खेलता हुआ देख रही थी, उसकी दृष्टि के नीचे बच्चे एक गोल चक्कर में भाग रहे थे, कई जोड़े पतली टाँगों के, एक-दूसरे के पीछे दौड़ रहे थे, उनके चेहरे सूख रहे थे, लड़कियों की तेल-भरी चोटियाँ पीछे उड़ रही थीं, और उनके इर्द-गिर्द धूल का एक छोटा-सा घेरा, आगे सुनसान पहाड़ियाँ, उन पर उगे कँटीले झाड़, पास-पास दो टूटे मकबरे। राधिका सीढ़ियाँ चढ़कर ऊपर गई, जमीन साफ-सुथरी थी। एक पथरीली सीढ़ी पर बैठकर थोड़ी-सी ढलान पर शहर बिखरा दिखाई देता था। सन्नाटा पहाड़ियों को लाँघता हुआ उस तक आ पहुँचा, और वह बहुत देर वहीं बैठी रही।

लगा कि दोनों के बीच कुछ कहने को नहीं है। भोजन के दौरान भी मौन ही रहा। बड़'दा बीच-बीच में राधिका की ओर देख लेते, राधिका गम्भीर थी, ओंठ सटे हुए, निस्पन्द अन्तर्मुखी।

बड़'दा का फोन पाकर उसे आश्चर्य हुआ था, थोड़ी-सी खुशी भी। संस्कारगत पारिवारिक भावनाएँ अभी पूरी तरह मृत नहीं हुई हैं। अब बड़'दा मेज के उस ओर बैठे हैं और भोजन कर रहे हैं। इन वर्षों में अधिक नहीं बदले हैं। हाँ, भाभी के साथ न होने से थोड़ा-सा सुस्त अधिक दीखते हैं।

छुटपुट औपचारिक बातें हो चुकी हैं, अब कुछ नहीं बचा। बड़'दा का व्यवसाय अच्छा चल रहा है, बच्चे ठीक हैं, पापा गंगा पारवाली कोठी में अपनी पुस्तक लिख रहे हैं, साथ में भवानी हैं देखभाल को। राधिका

भीड़-संकुल नगरी में एक छोटे-से फ्लैट में है, कुछ करने को नहीं है, इतने सारे खाली समय में प्रायः सूरजमुखी के फूलों के प्रिंट को ताका करती है, और सोचा करती है।

वे दोनों अब भोजन समाप्त करने को हैं। बड़'दा कल सुबह के जहाज से लखनऊ वापस जा रहे हैं। बातें समाप्त हो चुकी हैं, राधिका होटल के डाइनिंग रूम की मुगलिया सजावटवाली दीवारों को ताक रही है।

"तुम जल्दी ही आने की कोशिश करना। तुम्हारी भाभी मिलना चाहती है।"

"अच्छा।" राधिका बिना प्रतिवाद किए कहती है, हालाँकि वह जानती है कि फिलहाल दिल्ली से निकलने का इरादा उसका नहीं है, शायद बड़'दा भी जानते हैं।

भोजन समाप्त होने पर राधिका कहती है, "बड़'दा, अब मैं घर जाऊँगी।"

बड़'दा कुछ देर राधिका को ताकते हैं, फिर कार मँगवाते हैं। होटल के लॉन में झाड़ियों पर नीली रोशनी के बल्ब लगे हैं, जिनसे वातावरण अत्यन्त औत्सविक-सा हो गया है।

हवा में ठंडक है।

बड़'दा ने इन दिनों जो कार किराए पर ले ली है, वह आकर झाड़ियों के पास खड़ी हो गई। लम्बी-सी मर्सैडीज, राधिका ने नमस्कार किया और कार में बैठ गई।

चलते-चलते बड़'दा रुके, और वे राधिका के हाथ में एक मोटा-सा लिफाफा थमाने लगे। राधिका ने हाथ से बरज दिया, "अभी जरूरत नहीं है। होगी तो ले लूँगी।"

कार चल दी। पीछे सीट से टेक लगाकर वह बड़'दा के बारे में सोचने लगी। क्या वे इस सब धन-सम्पत्ति के बीच अपने को अकेला नहीं महसूस करते होंगे? पर सफलता—उन्होंने अपने जीवन का लक्ष्य बना लिया है, पापा निर्जन कोठी में, और वह स्वयं इस शोर-भरे फ्लैट में...

कार जब घर के आगे रुकी, तो शंकर-परिवार बाहर लॉन में कुर्सियों पर बैठा था—अक्षय भी।

राधिका को शंकर ने बड़े आदर से बुलाया।

"बहुत दिनों बाद मिले, अक्षय?" राधिका ने कहा।

"हाँ, काम इधर बहुत बढ़ गया है। वर्ष का अन्त है न?"

"बड़'दा आए हुए हैं।"

"हाँ, मुझे मालूम है," अक्षय ने कहा।

अक्षय के व्यवहार में कोई ऐसी बात नहीं थी, जिस पर राधिका उँगली रख सके, परन्तु वह कुछ खिंचा-खिंचा-सा लग रहा था।

अन्दर टेलीफोन बजा।

अनिला के पुकारने पर राधिका जब अन्दर उठकर जाने लगी, तो उसे लगा कि अक्षय की आँखें उसकी पीठ पर गड़ी हुई हैं। फोन मनीश का था, वह दोपहर को ही लौटा था, और सारी शाम राधिका को फोन पर पाने की चेष्टा करता रहा था। अब वह जानना चाहता था कि राधिका एक प्याली कॉफी के लिए उसके साथ बाहर आ सकेगी?

बड़'दा को छोड़कर आने के बाद राधिका ने प्रयत्न किया था कि वह उदासी के गर्त में न डूबने पाए, पर अक्षय के खिंचे-खिंचेपन ने उसे कगार तक धकेल दिया था। अब फोन हाथ में पकड़े राधिका एक पल झिझकी।

"तो मैं लेने आऊँ," मनीश ने पूछा।

"अच्छा!" राधिका ने कहा।

वह कमरे से निकली, कुर्सी पर से पर्स उठाया।

"कुछ देर और बैठती," प्रेमा ने कहा।

"फिर कभी," राधिका ने कहा, और ऊपर चली गई। बन्द कमरे में घुटन-सी अनुभव करते हुए उसने खिड़कियाँ खोल दीं। सारे दिन कोलाहल मचानेवाले लोगों की झोंपड़ियों में अब नितान्त सन्नाटा था। दूर बज रही कहीं बाँसुरी की आवाज, 'सा रे ग म', पर आकर स्वर हमेशा बेसुरा हो जाता। पर बजानेवाले में दृढ़ इच्छा-शक्ति थी, क्योंकि हर बार नए सिरे से शुरू करता, और फिर 'म' पर आकर विकृत स्वर।

राधिका अब कुछ नहीं सोचती, खिड़की के पास खड़ी हो बाहर देखती है। बाहर गहरा, स्लेटी रंग का अँधेरा है, नभ में उज्ज्वल आकाशगंगा लेटी हुई है। नीचे आँगन में पहाड़ी नौकर बर्तन साफ कर रहा है।

तभी मनीश आकर खुले द्वार पर खड़ा हो जाता है।

"अरे, बड़ी जल्दी आ गए!"

"हाँ, पास के ड्रगस्टोर से तुम्हें फोन किया था। तैयार हो?"

राधिका मनीश के मुख की ओर नहीं देखना चाहती। खिड़की से अलग हटती हुई कहती है, "हाँ, पर थोड़ी देर बैठो। कॉफी यहीं पी लो।"

मनीश बैठता है। सिगरेट-केस खोल एक सिगरेट चुनता हुआ बोला, "मुझे तो आशा न थी कि तुम इतनी जल्दी, यानी दस बजे तक घर लौट आओगी।"

"बड़'दा, मेरे बड़े भाई आए हुए हैं। कल सुबह जा रहे हैं।"

"तुम्हारा परिवार भी है राधिका?"

मनीश उसे चिढ़ा रहा है, यह जानते हुए भी राधिका गम्भीर रही, "हाँ, बड़े भाई, पिता, मौसी, भतीजे, भतीजी, सभी कोई..."

"भाग्यवान हो। मेरा तो कोई नहीं है।"

"क्या सच?"

"और क्या?"

मनीश का चेहरा भी गम्भीर था, पर राधिका को विश्वास नहीं होता कि वह कब सचमुच गम्भीर है, कब गम्भीरता का मुखौटा ओढ़े मन-ही-मन हँस रहा है।

"चलो, चलें," राधिका ने कहा।

जब वे दोनों साथ-साथ उतरे, तब भी शंकर के लॉन में सभी बैठे थे—अक्षय भी।

सोनाम के भोजन लाने पर अक्षय ने भोजन कर लिया। पर वह शान्त न था। बार-बार ध्यान मनीश और राधिका की ओर चला जाता। इस समय जो असमर्थ क्षोभ उसके हृदय में घुट रहा था, उससे वह अपरिचित था। बहुत वर्षों पहले, रमा उसे अच्छी लगी थी, पर रमा को पत्नी-रूप में ग्रहण करने से वह झिझक गया था। रमा अब सुखी-सम्पन्न-गृहिणी है और अक्षय के जीवन से पूरी तरह पृथक हो गई है।

इधर अक्षय महसूस करता है कि उसमें न जाने क्या परिवर्तन आता जा रहा है। जिन युवतियों को अरसे से जानता था, वे भी एकाएक सुन्दर लगने लगी हैं। देवकी की सुन्दर त्वचा, अनिला की आँखें, यहाँ तक कि अल्हड़ नीना भी बार-बार आकर्षित करती है। पर सबसे अधिक वांछनीय तो राधिका लगती है।

राधिका उसे प्रिय भी है, उसके साथ जीवन बिताया भी जा सकता है। कई बार उसके निकट होने पर अक्षय की उसे भुजाओं में घेर लेने की उन्मत्त अदम्य इच्छा हुई है, पर एक बार किसी अनाम, अज्ञात झिझक ने उसे रोक लिया है। कभी-कभी जब राधिका हँसती होती है, या उसकी दृष्टि यह जताती है कि अक्षय का साथ होना उसे भा रहा है, विद्या की सारी बातें सीने में आँसने लगती हैं।

सच तो यह है कि वह भुला नहीं सकता कि एक वर्ष तक राधिका उस पत्रकार की पत्नी बनकर रह चुकी है, खुल्लम-खुल्ला, और उसके बाद दो वर्षों में जाने कितने—वह खुलकर राधिका से नहीं पूछ सकता, पर बाद में जब भी राधिका का कोई पूर्व-परिचित मिलेगा, तो अक्षय को सन्देह के दंश विकल कर देंगे। वैसे ही जैसे मनीश और राधिका का सहज, खुला मैत्रीपूर्ण आचरण देखकर प्रायः अक्षय के मन में यह विचार आ जाता है कि क्या मनीश भी राधिका का प्रेमी रह चुका है?

यह नहीं कि अक्षय को अपनी इस क्षुद्रता पर लज्जा न आती हो। कभी-कभी राधिका बहुत पुनीत-सी दिखती है, अनछुई-सी, कौमार्य की लज्जा से भरपूर; अक्षय उसके मुख की सौम्यता को देखकर कभी-कभी भ्रम में पड़ जाता है, उसे लगता है कि जो कुछ राधिका के बारे में सुना, वह मिथ्या था। यथार्थ है राधिका की गम्भीर, निश्चल मुद्रा। माथे से पीछे सँवारे गए बाल, चिकना उघड़ा मस्तक, धनुषाकार पर हल्की-हल्की भौंहें, और आँखें, जो बहुत बड़ी होते हुए भी असाधारण रूप से दीप्तिवान लगती हैं, छोटी-सी खड़ी नाक, अपेक्षाकृत लम्बा मुँह।

तब भी राधिका को पूर्ण रूप से उसके अतीत सहित ग्रहण करने का साहस अक्षय अपने में नहीं पाता। उसे अपनी इस भावना पर प्रायः ग्लानि भी होती है, पर अब आयु बढ़ने पर उसे ऐसी ही पत्नी की कामना होती

है, जो कि सम्पूर्ण रूप से अक्षय की हो। कोई छोटी आयु की, थोड़ी पढ़ी-लिखी लड़की--जैसे नीना या देवकी।

अक्षय स्वयं ही मुस्करा आया। वह पगली-सी अल्हड़ नीना, जिसकी ओढ़नी हमेशा बाँहों पर ही गिरी रहती है--वह नीना? अक्षय की खिड़कियों के काँच पर प्रकाश पड़ा, किसी कार की रोशनी का। वह अँधेरे में ही खिड़की के पास आ गया।

राधिका अब लौटी थी।

तब गहरी बैंगनी पिटूनिया क्यारियों में मुरझाने लगी थीं, और भीड़-भरी सड़क के पास एक जैकरेंडा का वृक्ष फूल उठा। राधिका को यह गिनने की आवश्यकता नहीं होती कि उसे आए हुए कितने माह बीत गए हैं। एक-एक दिन जो बीतता है, स्मृति पर गहरी लकीरों-सा खिंचा हुआ है। आई थी तब धूप में बैठकर हल्का-हल्का सिकना भला लगता था, अब धूप सही नहीं जाती। कुछ ही समय में, ऊपर की मंजिल के वह कमरे बेहद तपने लगेंगे, पर जब वर्षा की पहली फुहार पड़ेगी, तब कैसा लगेगा? इन नीची छतों पर बूँदों की आवाज सुनाई देगी, राधिका को वर्षा भली लगती है, पर अभी वर्षा आने में बहुत दिन हैं, पहले यह धूल-भरे तपते दिन तो बीतें।

मनीश फिर कहीं बाहर चला गया है--शायद बम्बई। उसकी अनुपस्थिति राधिका कभी-कभी अनुभव करती है, विशेषकर सारा दिन अकेले बिताने के बाद, सन्ध्या को, खुली छत पर बैठकर मानप्रिय बातें करने का मन होता है। अनिला, नीना कदाचित ही ऊपर आती हैं, प्रेमा तो कभी भी नहीं। सन्ध्या को छत पर टहलने से आस-पास के लोगों की गतिविधि दिखाई देती है। नीचे, खेलते हुए बच्चे, नए घड़े हाथ में पकड़े जाते हुए पड़ोसी, पीछे, उधर झोंपड़ियों में चहल-पहल बढ़ जाती है।

राधिका उस दिन पुस्तकों की दुकान से लौट रही थी। मन पर जब बोझ बढ़ जाता है, तो वह हल्के किस्म के उपन्यास पढ़ती है। हत्याओं और

रहस्य से परिपूर्ण हाथ में भूरा पैकेट था, उसमें जान डिक्सन कार की दो पुस्तकें, जो कि उसने पेवमेंट पर बिकती पुरानी किताबों के ढेर से चुन ली थीं। सीढ़ियाँ चढ़ते हुए उसने शंकर के कमरे में अक्षय की आवाज सुनी। वह रुकी नहीं, ऊपर जाकर स्टोव पर कॉफी रख दी, और कमरा थोड़ा-सा ठीक-ठाक कर लिया। तार पर पड़ी साड़ी उतारकर तहाई, बाल सँवारे, और एक नीची कुर्सी पर बैठ गई।

कुछ देर में कॉफी की तुर्श सुगन्ध कमरे में मँडराने लगी, और खुले दरवाजे के बाहर देखने पर पाया कि हल्का-सा अँधेरा हो गया है।

जब राधिका नीचे उतरी, शंकर की बैठक खाली पड़ी थी। पहाड़ी ने बताया, वे सब टहलते हुए अक्षय के घर तक चले गए हैं। राधिका कुछ ठिठकी, फिर वह भी उधर ही चल दी। गेट पर ही सब थे, राधिका को देख चुप हो गए। क्या वे उसी की चर्चा कर रहे थे!

राधिका को तब लगा कि उसका आना शायद संगत नहीं हुआ।

यदि अक्षय राधिका को देखकर चकित हुआ, तो भी उसने प्रकट न करते हुए कहा, "राधिका! बहुत दिनों में दीखी। आओ, ऊपर चलो।"

"अच्छा। अब हमें तो विदा दीजिए।" शंकर-परिवार ने कहा।

"मैं टहलने निकली हूँ," राधिका ने कहा, "फिर आऊँगी।"

अक्षय के जाने की बात पहले-पहल राधिका को सोनाम से पता लगी। सोनाम ने जब उसे बताया कि वह डलहौजी जा रहा है, क्योंकि अक्षय का ट्रांसफर कलकत्ता हो गया है, तो राधिका धक-से रह गई। यह सच था कि पिछले कई सप्ताह से अक्षय की उसे सूरत भी न दिखी थी, पर कार्यभार से व्यस्तता की बात उसने बड़ी सहजता से स्वीकार कर ली थी।

"कब जा रहे हैं?" उसने पूछा।

"इसी शनिवार को।" सोनाम ने गीले हाथ पोंछते हुए उत्तर दिया।

यानी परसों, दिन याद कर राधिका ने सोचा। इतनी जल्दी।

"साहब घर पर हैं?" उसने पूछा।

"नीचे आए हैं।" सोनाम ने कहा। राधिका नीचे जाने के लिए साड़ी बदलने लगी, पर रुक गई। यदि अक्षय चाहेगा, तो ऊपर आएगा। उसे ध्यान आया कि आजकल अक्षय नीचे बहुत आने लगा है, पर ऊपर आने के लिए उसे समय नहीं रहता। राधिका ने चाहा कि बुरा न माने, उसने पुस्तक उठाई, और बिस्तर पर औंधी लेटकर पढ़ने लगी। यद्यपि कुछ पृष्ठ पहले ही चीनी के बर्तन बनानेवाले कारखाने के गर्भगृह में, एक शव बरामद हो चुका था, फिर भी राधिका का मन उसे आगे पढ़ने में न लगा। तो अक्षय भी जा रहा है!

अक्षय उस दिन भी ऊपर नहीं आया, तब राधिका को लगा कि उसे लेकर अक्षय के मन में कहीं-न-कहीं रोष अवश्य है।

पर राधिका उस रोष का कारण नहीं खोज पाई। बार-बार अपने और अक्षय के सम्बन्धों को लेकर वह सोचती रही, कभी भी तो ऐसा अवसर नहीं आया कि अक्षय के बुरा मानने की कोई बात हो। अगर किसी को रोष हो, तो वह राधिका है, क्योंकि अक्षय न जाने कब से उसी की उपेक्षा कर रहा है। नीचे आ-आकर चला जाता है। राधिका ने 'उँह' कहकर टालना चाहा पर टाल न सकी। एक काँटे की तरह अबूझा प्रश्न मन में गड़ता रहा। और बीच का दिन शुक्र भी बीत गया। राधिका उस दिन बाजार चली गई थी, यों ही, थोड़ा-सा मन बहलाने के लिए। पर वहाँ भी अकुलाई-सी घूमती रही, और फिर शनिवार आ गया।

क्या मैं अक्षय से मिलने जाऊँ? राधिका इसी ऊहापोह में डूबी रही, उसे रह-रहकर अक्षय पर ताज्जुब होता। नीना दिन में ऊपर आई, तो बता गई कि अक्षय रविवार को सुबह हवाई जहाज से जा रहा है। थोड़ी देर नीना पास बैठी रही, और राधिका मन-ही-मन मनाती रही कि किसी तरह नीना चली जाए।

नीना बैठी ही थी कि राधिका ने एकाएक निश्चय कर लिया कि अक्षय जाता है, तो जाए, वह स्वयं नहीं जाएगी विदा देने। माना कि प्रारम्भ में अक्षय के अहसान उसके ऊपर थे, पर अब वह स्पष्ट ही रूठे बच्चे की तरह आचरण कर रहा था।

नीना शाम के भोजन का निमंत्रण देने आई थी। राधिका अनिच्छा से ही तैयार हुई। उसे मालूम था कि अक्षय भी वहाँ होगा।

जब वह नीचे पहुँची अक्षय आ चुका था, और उसके हाथ में टमाटर के जूस का गिलास था। चेहरा उसका थोड़ा-सा उदास था। राधिका निश्चय करके गई थी कि अक्षय यदि दूर-दूर रहकर, ठंडेपन से आचरण करेगा, तो वह भी वैसे ही प्रत्युत्तर देगी, पर राधिका को देखकर अक्षय जिस प्रकार मुस्कराया, उससे वह एकबारगी सन्न रह गई। उसने अक्षय की आँखों में सीधा ताका और फिर उसे सह न पाने के कारण दृष्टि हटा ली।

क्या अक्षय...? क्या अक्षय मुझे...? राधिका ने सोचा। वह दृष्टि एक रूठे व्यक्ति की नहीं थी, एक आहत शिशु की थी। क्या मैंने अक्षय को किसी प्रकार का दुख दिया है—और फिर उत्तर अपने आप उसके मन में कौंध गया।

मनीश!

राधिका ने अपने में इतनी रिलीफ अनुभव की कि उसने उठकर हँसना चाहा। अनिला के देने पर उसने एक गिलास अनन्नास के रस का उठा लिया और अक्षय के पास जाकर खड़ी हो गई।

जैसे दोनों वर्षों बाद मिले हों।

"तो कल जा रहे हैं?" बात का सूत्र उठाते हुए राधिका ने पूछा, और रस का एक घूँट पिया। तुर्शी लिए मीठापन उसे अच्छा लगा।

"हूँ!" अक्षय ने कहा। देखता रहा।

"एकदम से ही हो गया ट्रांसफर।"

"हाँ! वहाँ हेड आफिस में जगह मिल गई।"

नीना आकर अक्षय की कुर्सी के हत्थे पर बैठ गई और बोली, "जाकर हमें कलकत्ते जरूर बुलाइएगा।"

"जरूर!" अक्षय ने उत्तर दिया। एक बार फिर राधिका की ओर दृष्टि चली गई। नीना के आने के बाद वह अक्षय से थोड़ा अलग हटकर खड़ी हो गई और मेटल-पीस की ओर आँखें गड़ाए हुए थी। चेहरा गम्भीर, ओंठ निस्पन्द और अक्षय को एक बार फिर महसूस हुआ कि पार्श्व में देखने से राधिका की मुखाकृति एकदम निर्दोष है।

क्या राधिका के प्रति उसने अन्याय किया है? क्या उसे साफ-साफ राधिका से कह देना चाहिए। अक्षय ने मन-ही-मन कल्पना की क्रि वह राधिका से कह रहा है, 'देखो राधिका, मुझे तुमसे बहुत लगाव है, पत्नी रूप में तुम्हारी कामना भी आरम्भ में मेरे मन में दबी रही है, पर तुम्हें पूरी तरह स्वीकार नहीं कर पाता। तुम्हारे अतीत को लेकर मेरे मन को कुछ निरन्तर काटता रहा है। सच कहो राधिका, क्या मनीश भी तुम्हारा प्रेमी...???'

राधिका पर इसकी क्या प्रतिक्रिया होगी, अक्षय खूब अच्छी तरह जानता है।

नहीं, वह चुप ही रहेगा। यह सब कहकर राधिका को वह आहत और रुष्ट नहीं होने देगा। यह उसका अपना बौनापन है, और इसे वह स्वयं झेलेगा।

फिर भी वह बिखरने क्यों लगता है। इधर जब से राधिका से दूर रहने लगा है, तब से यह और अधिक महसूस होता है कि राधिका किस प्रकार जीवन पर छा गई है। दूर जाकर उसे निकाल फेंकने में वह सफल होगा, इसमें उसे सन्देह है।

साथ बैठकर भोजन करने की क्रिया को अक्षय ने यंत्रवत सम्पन्न किया। प्रेमा बार-बार उसके जाने पर दुख प्रकट कर रही थी, अनिला का चेहरा सदा की तरह लिपा-पुता और भावहीन, नीना के बेमतलब की बातों की झड़ी, और राधिका एकदम चुप।

कभी-कभी अक्षय का मन अकुलाने लगता कि राधिका कुछ कह क्यों नहीं रही है? फिर एक विचार ने उसे संत्रस्त कर दिया, शायद राधिका के लिए उसका जाना कुछ अहमियत नहीं रखता।

तब वह कुछ क्षण राधिका को अकेला पाने के लिए छटपटा उठा।

भोजन के बाद, सब कुछ देर बाहर बैठे। वातावरण में तनाव-सा आ गया था और अक्षय को रह-रहकर लगता कि उसने अवश्य राधिका को नाराज कर दिया है, और यह बात केवल राधिका ही नहीं, बल्कि सभी अनुभव कर रहे हैं।

राधिका ने ही पहले विदा माँगी।

रुकोगी नहीं राधिका

"अरे अभी से ऊपर जाकर क्या करेंगी? थोड़ी देर बैठिए न!" प्रेमा ने आग्रह किया।

कुर्सी की पीठ के लम्बे सरकण्डों पर उँगलियाँ फिराती राधिका ने कहा, "नहीं, मेरा सिर दर्द करने लगा है। मैं अब जाऊँगी ही।"

फिर उसने अक्षय को नमस्कार किया, प्रेमा को सुस्वादु भोजन के लिए धन्यवाद दे वह ऊपर चली गई।

दो-तीन चक्कर उसने उद्विग्न हो छत के लगाए। हवा बन्द थी, और इसी वजह से बेहद उमस। तारों की फीकी-फीकी रोशनी थी, उसे भी धूल का बादल-सा ढँकने की कोशिश कर रहा था।

यों मुँडेर पर कोहनी टिका खड़े होने पर राधिका ने नीचे देखा। किसी विशेष उद्देश्य से नहीं, न किसी जिज्ञासा से—अक्षय जिस कुर्सी पर बैठा था वह खाली थी। तो, उसके आने के बाद वह भी न रुका—अक्षय ऐसा क्यों हो गया? राधिका के मन में फिर वही प्रश्न अकुलाने लगा। कुछ देर बाहर घूमने के बाद उसने कमरे की बत्ती जलाई, और पलँग पर पड़ी पुस्तक उठा ली। पुस्तक उसे रुच नहीं रही थी, पर आधे के करीब पढ़ने के बाद छोड़ा भी नहीं जा सकता था।

नीचे की सीढ़ियों का द्वार राधिका सोते समय ही बन्द करती थी। पर उस पर हल्की-सी दस्तक सुन राधिका जब उठी, तो उसने पाया कि उसे पढ़ते हुए एक घंटे से ऊपर हो गया है। किवाड़ ऐसे ही उढ़के हुए थे, उन्हें खोलने पर राधिका ने पाया कि अक्षय खड़ा है।

"आइए," राधिका ने अपना आश्चर्य प्रकट न किया।

अक्षय आकर कुछ क्षण खड़ा रहा। राधिका के कमरे में कुछ बेतरतीबी पहली बार देख रहा था। पलँगपोश उठाकर कुर्सी पर डाल दिया गया था। दूसरी कुर्सी पर राधिका का पर्स, रूमाल, कुछ पत्रिकाएँ।

"बाहर बैठें?"

अक्षय खड़ा ही रहा। "नहीं, मैं तो दो सेकेंड के लिए गुडबाय कहने चला आया।"

अक्षय जब कमरे में घुसा था, तो राधिका को लगा था कि जैसे वह बहुत कुछ कहेगा। अक्षय की इस बात पर वह थोड़ी-सी हताश भी हुई और

झुँझलाई भी। वह जानती थी कि अक्षय ने अपना निश्चय बदल दिया है। तख्त पर बैठकर, तकिए को दाईं बाँह में भर राधिका ने कहा, “अक्षय जी, कुछ देर तो बैठिए। जाने की ऐसी क्या जल्दी है?”

तब अक्षय तख्त के पायताने बैठ गया।

“आप क्या नाराज होकर जा रहे हैं?”

अक्षय के ओठों के कोने थोड़ा-सा हिले, “नहीं, नाराज क्यों?”

“मुझे लगा।”

फिर चुप्पी। अब हवा चलने लगी थी, इसलिए छत पर पड़ा कोई कागज फड़फड़ा रहा था। राधिका ने एक लम्बी साँस को मसोसते हुए कहा, “यह अचानक ही ट्रांसफर कैसे हो गया?”

“बात काफी दिनों से चल रही थी।”

“मुझे आपका खयाल आता रहेगा।”

राधिका ने किताब खोली और बन्द कर दी।

“क्या सचमुच?”

अक्षय के स्वर में जो व्यंग्य था, उससे कुछ चिढ़कर राधिका ने कहा, “आपको मालूम है कि मैं औपचारिक बातें नहीं करती। वैसे ही मेरे परिचितों का दायरा इतना सीमित था, और अब तो...” बात उसने आधी ही छोड़ दी। उसने देखा कि अक्षय ने अचानक ही दाईं कनपटी के पास एक स्थान को उँगलियों से दबा लिया है। “क्या सिर में दर्द हो रहा है?” उसने कोमल स्वर में पूछा।

“हाँ, कभी-कभी, बहुत थक जाने पर...”

राधिका उठकर पानी ले आई, पर्स खोलकर बफरिन की दो गोलियाँ निकालकर उसने अक्षय की हथेली पर रख दीं। गोलियाँ निगलकर अक्षय ने गिलास उसे थमा दिया। राधिका गिलास रखने मुड़ी, तो उसकी साड़ी का नरम, स्निग्ध रेशम अक्षय को छू गया। अक्षय ने बिना सोचे उसे मुट्ठी में भींच लिया। झुककर गिलास रखने में बाधा पाकर राधिका मुड़ी, और एक लघु पल को चुप रह गई। फिर हाथ बढ़ाकर उसने धीरे-से अक्षय की मुट्ठी ढीली कर अपनी साड़ी छुड़ा ली। गिलास नीचे रखा, और लौटकर तख्त पर बैठ गई अक्षय के निकट।

तो, अक्षय उसकी कामना करता रहा है, और इसीलिए उसने अपने को दूर-दूर रखा है। बस, इतना ही बात। मौन का एक लम्बा अन्तराल। फिर राधिका का मन्द स्वर, "दर्द कैसा है?"

"पहले से बहुत कम।" अक्षय का कंठ भिंचा-भिंचा-सा है।

बाहर हवा अपने पंख फड़फड़ाती है, कमरे में अन्धकार है, पर गाढ़ा जमा हुआ अन्धकार नहीं, क्योंकि कमरे की नकली छत से बहुत ही फीकी, बहुत मलिन रोशनी कमरे में झर रही है, जिसमें मुख के भाव नहीं पढ़े जाते, पर आकृतियाँ दीखती हैं।

पहले अक्षय का एक जूता धप्-से फर्श पर गिरा। फिर राधिका की पुस्तक। दूसरा जूता पैर से निकालकर अक्षय ने नीचे रख दिया।

राधिका ने करवट ली।

अँधेरे में कुछ स्वर उभरते हैं। राधिका निंदासी हो आई है, पर अक्षय के मन में अनेक प्रश्न चक्कर काटते हैं। वह पहले से अधिक उदास हो गया है।

"तुम्हें आज भी नींद आ रही है?"

अक्षय का उलाहने-भरा स्वर सुनकर राधिका हँस पड़ी।

"तुम जागो, सुबह-सुबह तुम्हें जाना है न।"

"राधिका, तुम सच, इतनी..."

"हूँ?" राधिका ने हुंकारी भरी।

"मीठी-मीठी बातें करना मुझे नहीं आता।"

"बिना उनके भी..." राधिका हँस पड़ी।

"हँसे ही जाओगी।"

"लो बुरा मान गए। अच्छा, सुन रही हूँ, कहो, क्या कहना है?"

अक्षय प्रश्न को ठीक से गढ़ने की चेष्टा कर रहा है, "तुम अब भी कभी विगत को सोचती हो?"

राधिका ने साड़ी के छोर से बाँहें ढँक लीं। अँधेरे में उसका स्वर उदास हो आया था, पर निष्कम्प वाणी में उसने कहा, "विगत को सोचने से क्या? तब जो मैं थी, अब वह नहीं हूँ। हर समय जो भी बीतता है, जीती हूँ, उसके बाद पहली-सी कहाँ रहती हूँ। कल भी तुम्हारे जाने के बाद मैं..." वह रुक गई।

"राधिका!" अक्षय ने बड़े अनुनय-भरे स्वर में कहा, "तुम मेरे साथ चलोगी? मेरे साथ रहोगी? मैं तुम्हें..." अक्षय के ओठों पर राधिका का हाथ आ पड़ा।

"मैं नहीं चाहती कि जल्दबाजी में तुम अपने को कमिट करो अक्षय।" राधिका ने कहा।

पूर्व में हल्का-सा प्रकाश है। राधिका ने आँखें खोलीं, देखा अक्षय चला गया है।

राधिका को इस बार खास मेहमानवाले कमरे में ठहराया गया, वहीं जहाँ पापा हमेशा विद्या के साथ आकर रहा करते थे। बड़'दा जब अगली बार दिल्ली आए, तो राधिका को आग्रह कर साथ लिवा लाए। दिन बेहद तपने लगे थे और ऊपर के कमरे में पड़े-पड़े राधिका कृश हो गई थी। मुख भी सूख-सा गया था। बड़'दा कभी अधिक नहीं बोलते, पर राधिका को देख उन्हें बड़ा सन्तोष हुआ। राधिका के बार-बार मना करने पर भी वे नहीं माने। उनकी इच्छा थी कि राधिका घर छोड़ ही दे, सामान बाँध-बूँधकर ले जाए, और सामान था भी क्या—लम्बा-चौड़ा, दो बक्से भी पूरे न भरें—पर राधिका नहीं मानी, जब साथ चलने को राजी भी हुई, तो इस शर्त पर कि जब वह वापस आना चाहेगी, तो उसे रोकेंगे नहीं?

"यहाँ मन कैसे लगता है?" बड़'दा ने कमरे के बीच खड़े होकर पूछा। उसका नौकर बहादुर सामान उठा रहा था, और राधिका निरीक्षण कर रही थी। उसने उत्तर नहीं दिया। सबसे पहले सूरजमुखी के फूलोंवाला चित्र उतरा, और बाँध-बूँधकर एक ओर रख दिया गया। फिर राधिका ने छोटी चीजें बटोरीं, हुगाचियाँ, ताम्रपात्र, कियांती की मिनिएचर बोतल। कुछ ही देर में कमरा सूना, सपाट दीखने लगा।

पल्ला कमर में खोंस वह व्यस्त-सी इधर से उधर जा रही थी। ऐसा लग रहा था, कि अभी उसी दिन तो सोनाम की सहायता से घर सजाया था, और उसी शाम अक्षय दफ्तर से सीधा आया था।

अक्षय...राधिका के मन में कुछ अटकता-सा है, बाहर छत पर तेज चौंधियानेवाली धूप बिखरी है, पेड़ों की फुनगियाँ स्तब्ध, स्थिर हैं, और उजला

आकाश इधर-से-उधर तक फैला हुआ है। इन चमचमाते हुए दिन में उन आत्मीय क्षणों की स्मृति एक झुठलावा-सी लगती है। अक्षय को गए हुए कितने दिन बीत चुके, राधिका ने प्रारम्भ में उसके पत्रों की, उसके फोन की उत्कट प्रतीक्षा की थी, एक ऐसी आकुलता से, जिस पर उसे स्वयं ही आश्चर्य होता था। अक्षय के जाने के बाद प्रथम कुछ सप्ताहों में वह एक बड़ी मधुर-सी अनुभूति में डूब गई थी। कामना उसकी मनीश ने भी की थी, पर उसे राधिका ने दूर रखा था, उसकी ओर तीव्र शारीरिक आकर्षण अनुभव करते हुए भी वह संयत रही थी, उसने अपने को बार-बार याद दिलाया था कि मनीश जल्दी ही स्त्रियों से थक जाता है, और डैन के बाद, राधिका किसी पुरुष के लिए शृंखला में एक कड़ी नहीं रह जाना चाहती थी। वह तो एकछत्र सम्राज्ञी बनना चाहती थी, जैसाकि केवल अक्षय के साथ ही सम्भव था। अक्षय के लिए मन में आदर था, और साथ में थोड़ा-सा मधुर भाव। अक्षय की भद्रता से वह प्रभावित थी, और इसीलिए अक्षय को भी एक क्षण के लिए दुर्बल पाकर—नहीं, मैं उसके लिए लज्जित नहीं हूँ, बल्कि और उत्कण्ठित—अक्षय के पथ की प्रतीक्षा करते हुए राधिका ने बार-बार अपनी भावनाओं को टटोला। वह लज्जित न थी, एक क्षण के लिए भी नहीं, पर जैसे-जैसे अक्षय और उसके बीच मौन का अन्तराल बढ़ता गया, राधिका को यह विचार सताने लगा कि मालूम नहीं कि अक्षय के मन में उसे लेकर क्या है? और उसके साथ थोड़ी-सी व्यग्रता भी, कि वह अक्षय को कितना कम जानती है। जो समय साथ भी बिताया, उसमें उसने कभी अक्षय का विश्लेषण करने की कोशिश नहीं की थी। जरूरत तो अब भी नहीं है, पर वह अन्धकार और हताशा के गर्त में क्यों डूबती जा रही है?

राधिका ठीक से रहे, इसकी व्यवस्था बड़'दा के स्वयं की शान-शौकत बढ़ाने से भाभी के तेवर कुछ और ऊँचे हो गए थे। पर राधिका का उन्होंने स्वागत किया। राधिका को इस पर आश्चर्य अवश्य हुआ, पर भाभी के मन की अस्थिरता वह अच्छी तरह जानती थी। दो-एक बार भाभी जब उसे साथ क्लब ले गई और अमरीका से लौटी हुई ननद को गर्व से मित्रों से मिलाया, तो राधिका समझ गई कि भाभी के लिए वह उसी सम्पन्न स्थिति की द्योतक है जैसे बड़'दा के लिए, पोर्च में खड़ी इंपोर्टेड गाड़ी।

बड़'दा के घर रहना—अब राधिका को दूसरा ही अनुभव लगता। बड़े से कमरे में एयरकंडीशनर हर समय चलता रहता। साथ ही लगी स्टडी थी, जिसमें किताबों की खाली अलमारियाँ, पढ़ने की मेज और घूमनेवाली कुर्सी थी। आगे लम्बा-सा जालीदार बरामदा, जहाँ कोने पर पीली चमेली की एक लता चढ़ी हुई थी और जिसमें अब फूल आने लगे थे। प्रायः मालिन राधिका के लिए वेणी गूँथकर दे जाती और बहादुर चाँदी की तश्तरी में उसे सजाकर राधिका की शृंगार की मेज पर रख जाता। सन्ध्या को बरामदे में हल्की-हल्की हवा आती, और कुर्सी निकालकर वहीं बैठ जाती जहाँ से अम्बियों से लदे वृक्ष दीखते थे, और उन्हीं की छाया में यत्न से रखी गई अर्किड की शाखाएँ। बड़'दा को फूलों का शौक हमेशा से था, और अब भी कोई अर्किड फूलता, तो वह राधिका के जालीदार बरामदे में टाँग दिया जाता।

बड़'दा का व्यवसाय खूब चल रहा था। कानपुर की मिलें, पूर्वी उत्तर प्रदेश में शक्कर की फैक्टरियाँ, नगर में दो सिनेमाघर, और भी न जाने क्या-क्या? भाभी के कान के अठारहों हीरे हर समय दप्-दप् करते थे। राधिका को, उस वैभव के बीच भी जब-तब अस्पष्ट विचार दंश देते और एक अजीब-सी व्याकुलता घेरे रहती।

घर में भी न कोई बात करने को था; न कोई साथ था। भाभी सुबह ही बिजली से शरीर मालिश करवाने 'ब्यूटी सैलून' चली जातीं, वीणा और विवेक स्कूल। नाश्ते की मेज पर खाद्य-पदार्थों का अम्बार लगा रहता। बड़'दा सभी कुछ उसकी ओर सरकाते जाते।

"तुम तो दिन-पर-दिन दुबली होती जा रही हो," एक दिन बड़'दा ने कहा—अखबार मोड़कर अलग रख दिया और गौर से उसकी ओर देखने लगे।

"नहीं तो!"

"रस बगैरा लेती हो या नहीं?"

"लेती हूँ," राधिका धीरे-से हँसी।

रविवार होने के कारण नाश्ते की मेज पर बच्चे भी थे, भाभी भी।

"आण्टी सारे दिन तो लेटी-लेटी छत की ओर ताका करती हैं," वीणा ने कहा।

"और सारे दिन करूँ भी तो क्या?" राधिका को बातचीत का अपने ऊपर केन्द्र हो जाना अच्छा नहीं लगा।

"भाई, इन्हें हमारा घर रास नहीं आता। अभी दो दिन रज्जू के घर रह आएँ, तो देखो चेहरा चमक जाए," भाभी ने कह दिया।

बड़'दा और राधिका, दोनों ने एक साथ भाभी की ओर देखा। फिर एकदम से आ गए क्रोध को पीकर राधिका ने कहा, "यह ठीक कहा भाभी, मैं आज ही रज्जू मामा के घर जा रही हूँ। जब चेहरे पर चमक आ जाएगी, तब लौट आऊँगी।"

बड़'दा ने सेब की फाँकें उसकी प्लेट में रख दीं और कहा, "अच्छी तरह से खाया-पिया करो।"

नाश्ते की मेज से उठकर राधिका कमरे में आई—बस, उतर आईं न भाभी अपने स्वभाव पर, अरे उस अंग्रेजी कहावत के अनुसार कहीं तेंदुए अपने धब्बे बदल सकते हैं! और फिर रोष-भरे आँसू, वह यहाँ आई ही क्यों? बड़'दा तो बस समझते हैं कि फल खा लो, जूस पी लो, कभी-कभार कार पर बैठकर घूम आओ, बस जीवन की यही उपलब्धियाँ हैं।

आजकल राधिका प्रायः अपने जीवन को उलट-पलटकर देखती है, अपनी भावनाओं की समीक्षा बहुत ठंडेपन से करती है। इस गुदगुदे गद्देवाले पलँग और सुख-सामग्री से खचाखच भरे घर में उसे यह बार-बार याद आता है कि मानवीय सम्बन्ध कितने शाश्वत होते हैं, पर लोग यह भुला भी कितनी जल्दी देते हैं। यह भाभी, जिन्होंने कई मिलों की स्वामिनी होने के मद में सबकुछ भुला रखा है, क्या अन्तरतम में अकेली नहीं होंगी? या चाटुकारों का जो समूह उनके इर्द-गिर्द मँडराता है, उनकी शुभकामनाओं को ही वे सच समझ लेती हैं? यह वीणा, जिसने जन्म से अब तक कभी भूख, गरीबी, दवाओं के अभाव, अस्पतालों की भीड़ें नहीं देखीं, क्या यह कभी भी औरों की, अपने से कम भाग्यवानों की भावनाएँ पूरी तरह समझ सकेगी? और स्वयं उसने क्या जिन्दगी का सामना किया था? अगर किया होता, पापा के विवाह पर उसकी ऐसी बचकानी प्रतिक्रिया न होती।

हाँ, उन कुछ वर्षों पहले राधिका में बचपना था, भावावेग और उग्रता। तभी तो उसने कभी भी, एक क्षण भी पापा के एकाकी जीवन के बारे में

कभी नहीं सोचा। पापा को छोड़कर, डैन के संग रहते हुए उस एक वर्ष में राधिका में जैसे कई वर्षों का अनुभव, पकापन एकाएक आ गया था, और तभी डैन से अलग होने का साहस उसमें था। अब मैं स्वतंत्र हूँ, परिपक्व भी, और गढ़ सकती हूँ अपना जीवन, अपना भविष्य।

एक पल के लिए वह फिर अक्षय के बारे में सोच उठी। उसे एकाएक, जैसे भविष्य दर्शन की तरह लग उठा कि अक्षय अब जीवन से चला गया। काल की एक लहर ने आकर उसका नाम तक धो दिया है और समय एक दिन उसकी तृप्त साँसों और कसे आलिंगन की स्मृति भी धो देगा। और तब तक, राधिका कुछ भी करेगी। तिब्बती शरणार्थियों के लिए जो स्कूल खुले हैं, जिसमें दूर-दूर से लोग केवल सेवाभाव से पढ़ाने आते हैं, उनमें से एक में वह भी चली जाएगी और नितान्त सादा जीवन व्यतीत करेगी। पलायन? मन में प्रश्न उठा, नहीं, यह पलायन नहीं, जूझना है। इस घुटन और ऊब-भरे कारागार से तो मुक्त होगी। उसी दिन वह रिक्शा लेकर रज्जू मामा के घर चली गई। जाकर पाया कि रज्जू मामा मायके में किसी विवाह में सम्मिलित होने गए हैं, घर में केवल नानी थीं। पिछली बार जब वह आई थी, तो नानी बड़े मामा के पास गई हुई थीं, अब मौसी वहाँ हैं, नानी यहाँ।

अब राधिका को लगता है कि इन तीन-चार सालों के अन्तराल में नानी के सारे दाँत झड़ गए हैं, और वह अत्यन्त वृद्ध और थकी दीखने लगी हैं, अँगीठी के पास बैठकर करछी चलाते हुए वे कभी-कभी रुककर राधिका को देख लेती हैं।

राधिका पास बैठी है, चुप, अपने में डूबी-सी, पर उसकी आँखें आसपास के वातावरण से बेख़बर नहीं हैं। नानी की साड़ी जहाँ सिर पर पल्ला लिया गया है, कई जगहों से सिली हुई थी, रसोई में काफी दिनों से पुताई नहीं हुई लगती है। एक किनारे छोटी-सी सिल, थोड़े से बर्तन, बेमेल थालियाँ-कटोरियाँ। नानी अब घर में अकेली ही हैं, रज्जू मामा कल लौट आएँगे।

नानी राधिका के नाश्ते के लिए हलुवा बना रही हैं। घी में सूजी भुनने की महक से सारी रसोई गमक रही है। राधिका दीवार का सहारा लिए पीढ़े पर बैठी है। बहुत मना किया, पर नानी ने सुना नहीं। बाहर आँगन में नानी की बँसैल चारपाई पड़ी है, उस पर राधिका के लाए फल व मिठाई के दो

डिब्बे, कोकाकोला की दो दर्जन बोतलें पड़ी हैं। बड़का और छोटू दोनों कोकाकोला पर जान देते हैं।

"यह सब सामान विनय के घर से लाई होगी?" नानी ने धीरे-से पूछा।

"नहीं नन्ना, सब बाजार से लाई हूँ।"

"तो फिर..." नानी ने हाथ रोक दिया, "इतना सारा खर्चा करती है कौन देता है? विनय के पापा।"

"कोई नहीं। अपने आप करती हूँ।"

"इतना पैसा तू जमा करके ले आई थी?" नानी के स्वर में आश्चर्य भाव था।

राधिका हल्का-सा मुस्कराई, "एक साल के खर्च के लायक बचा लिया था।"

"और वह भी सब खर्च कर दिया।" नानी ने जल गई थोड़ी-सी सूजी को अलग छिटका दिया, "विनय से इतना भी नहीं होता कि बहन का ख़र्चा भी उठा ले—भले ही लॉकरों में ब्लैक का रुपया सड़ता रहे।"

"क्या कहती हो नन्ना?" राधिका ने प्रतिवाद किया, "बड़'दा..."

"मैं सब जानती हूँ। सारा शहर जानता है। आजकल ब्लैक कहाँ नहीं चल रहा है?"

नानी ने कमर पर हाथ रखा और एक छोटी-सी कराह के साथ उठ खड़ी हुईं।

"मेरी तो कमर झुक गई है, देखा तूने। हुई भी तो अड़सठ साल की।" नानी डगर-मगर चलती हुई अलमारी तक गईं और प्याले निकालने लगीं।

"चाय मैं नहीं पियूँगी, गर्मी है।" राधिका ने कहा, "तुम बैठो, मैं सब कर लूँगी।" फिर उसने नानी को आग्रह कर चारपाई पर बिठा दिया और वहीं आँगन में एक तिपाई ले आई। हलुवा नानी ने बहुत मीठा कर दिया था, दो चम्मच खाकर राधिका ने तश्तरी तिपाई के नीचे सरका दी और फल तराशने लगी। नानी ने दो-एक फाँकें आम की चखीं, "अभी स्वाद नहीं आया है।"

उन्होंने फिर कहा, "खरबूजे मीठे हैं, तू भी खा।"

और तब, "फलों पर बर्फी क्या लूँ?"

"नहीं, ले लो नन्ना। मिल्क पुडिंग है।"

चुभलाते हुए नानी ने कहा, “पहली बार खा रही हूँ। मूँग की दाल की-सी बर्फी लग रही है...”

आँगन में शाम झुक आई है, बेरी के सूखे झाड़ में हवा सरसरा रही है, पड़ोस में रेडियो बज रहा है। छितरे बालों की एक सफेद लट नानी के माथे पर आ गई है, राधिका और नानी, दोनों ही कोकाकोला पी रही हैं। राधिका बोतल से, नानी कलई के गिलास में।

“अच्छा बिट्टो, वहाँ तो कोकाकोला खूब मिलता होगा?”

“हाँ!”

“घर में बच्चे कभी-कभार ले आते हैं। पिछली बरस छोटे ने जिद करके पिला दिया था।”

“बस, यह सब बोतलें तुम्हीं पीना।”

“अरे, बुढ़ापे में यह सब कहाँ रुचता है। बस यही है कि परहेजी खाना खाते-खाते तबीयत किसी और चीज को करने लगती है,” नानी सहज भाव से कह देती हैं। फिर वे भी चुप हो गई हैं।

बाहर दरवाजे पर दस्तक। राधिका को लेने गाड़ी आ गई है। राधिका लौटकर आई और बोली, “रात को रहना चाहती थी।”

“रात को कहाँ रहोगी? बहू अपना कमरा तो बन्द कर गई है। मेरी कुठरिया में तकलीफ होगी। गर्मी भी है, मच्छर भी।”

राधिका वापस आकर बैठ गई। लौटना नहीं चाहती, पर जानती है कि यदि आग्रह कर रह भी गई, तो नानी उसे लेकर परेशान होती रहेंगी।

“अच्छा चली जाऊँगी,” राधिका ने कहा।

फिर दोनों चुप बैठी रहीं।

“विनय तेरे लिए लड़का देख रहा है?”

अँधेरे में इस प्रश्न को सुन राधिका चौंकी, फिर हँसी, “पता नहीं।”

“या तू आप ही देखेगी?”

“मुझसे कौन करेगा शादी?” राधिका ने कहा मगर गम्भीरता से नहीं, सिर्फ नानी की दिलजोई के लिए। फिर नानी ने लम्बी साँस ली और गिलास

नीचे रख दिया, "देखो, जो भाग्य में हो। मुझे तो चिन्ता लगी रहती है। चाहती हूँ, मेरे सामने ही काज हो जाए, तो चैन आए। तेरी माँ कम उम्र में ही चली गई, विनय की शादी में हमें पूछता ही कौन? बस तू है, तेरे लिए दो-एक चीजें दबाकर रखे हूँ।" नानी भावुक और उदास हो चली हैं, यह जानकर राधिका ने कहा, "अच्छा? क्या रखा है?"

"अरे, ऐसी क्या बड़ी चीज है। मगर बहुओं को पता नहीं है। तेरे नाना के कुर्ते के बटन हैं, तेरे लिए एक बाजूबन्द है।"

नानी को हिचकी आई और राधिका ने कहा, "कोकाकोला और लो, गर्म हुए जा रहे हैं।"

"अच्छा, लाओ दे दो," नानी ने कहा।

नानी ने फिर कहा, "गाँव की उस हवेली की तो याद होगी राधिका—अब तो कुछ भी नहीं रहा, सुना है सरकारी स्कूल खुल गया है। कैसी धूम से तेरे पापा की बारात चढ़ी थी, कानपुर से तीन नाचनेवालियाँ आई थीं, और आस-पास के गाँवों से ठठ-के-ठठ आकर लोग जमा हो गए थे। तेरे बाबा भी शाहदिल थे, शाहदिल! तेरी माँ पर भी उस दिन जैसे रूप बरस रहा था। पर भाग्य को क्या किया जाए। चार-पाँच बरस ही जी पाई उसके बाद। और अब तो दुनिया ही बदल गई। जमीन गई, जायदाद गई, पुरखों की वह हवेली भी बेचनी पड़ी। सत्तावन के गदर में उस हवेली के बाहर जमकर मोर्चा हुआ था। दो-एक बन्दूकें चाहे अब भी पड़ी हों।"

रेडियो धीमा हो गया, आकाश में दो-एक छिटपुट तारे, बेरी का झाड़ अब शान्त निस्पन्द, पास फूलते कहीं बेले की सुगन्ध। कहीं घंटे बजे, नौ के।

"अरे इतनी देर हो गई। अब तुझे जाना चाहिए। बीनू के यहाँ इन्तजार होता होगा," नानी हड़बड़ाकर उठ खड़ी हुईं। फिर साथ आने का इशारा कर कोठरी में चली गईं।

अलमारी का ताला खोलकर उन्होंने एक पुराना-सा रूमाल निकाला। उसमें दो अठन्नियाँ थीं। राधिका को देती हुई बोलीं, "ये लो, सामान लाई हो न?"

"नन्ना, उस सबके पैसे लूँगी?" राधिका ने नाराज स्वर में कहा। चारों ओर कैसा सन्नाटा था।

"अरे, तो क्या हुआ? बेटी का पैसा खाते अच्छा नहीं लगता। बुढ़ापे में यही बचा है।"

राधिका ने एक अठन्नी उठा ली, मुट्ठी बाँधती हुई बोली, "बस, यह काफी है।"

नानी ने अधिक आग्रह नहीं किया। रूमाल बाँधकर कोने में घुसा दिया, ताला बन्द किया और तब उसे बाहर छोड़ने आईं।

"रात को कहारी सोने आएगी। तुम फिक्र मत करना," नानी ने कहा।

अठन्नी को कसकर मुट्ठी में, ताबीज की तरह दबाए राधिका गाड़ी में बैठ गई।

"कभी उधर आओ न।"

"गाड़ी भेजेगी तो आ जाऊँगी," पोपली हँसी से नानी ने कहा।

गाड़ी चल दी।

अँधेरे कमरे में, गुदगुदे पलँग में धँसी राधिका ने कितने ही दिन बिता दिए।

धीरे-धीरे उसे यह इस प्रकार की घटनाहीन, ऊब भरी दिनचर्या की आदत पड़ गई। उसी तरह जैसे अकेले फ्लैट में तख्त पर लेटे रहने की पड़ गई थी। हर समय कमरे में एयरकंडीशनर चलता, बड़'दा बीच-बीच में आकर हाल-चाल पूछ जाते। वीणा अपनी माँ के साथ पहाड़ जाने की तैयारी में व्यस्त थी, और अब 'वीणा' में एक फिल्म का प्रीमियर होनेवाला था, जिसमें काफी ख्यातिप्राप्त अभिनेता आनेवाले थे। एक सप्ताह से वीणा उस अवसर पर पहनने के कपड़े बनवाने में लगी हुई थी। बड़'दा चाहते थे कि उस शाम राधिका भी साथ चले।

उसी सुबह राधिका के नाम मनीश का फोन आ गया, वह मिलना चाहता था। "अच्छा, आना" राधिका ने कहा। फोन बन्द हो जाने के बाद भी वह काफी देर बरामदे में खड़ी रही। पुरुषहीन जीवन में एक उकताहट तो अवश्य होती है, पर साथ ही एक निश्चिन्तता भी, जो कि राधिका को काफी सुखद लगने लगी थी। अब मनीश उस सन्तुलन को फिर गड़बड़ कर देगा। वह चाहता क्या है? उसे न मित्रों की कमी है न लड़कियों की। फिर बार-बार राधिका को क्यों झकझोरता है? क्या इसलिए, क्योंकि उसने कह दिया है कि उसके जीवन में मनीश-जैसे व्यक्ति का स्थान नहीं है।

सन्ध्या तक राधिका कुछ उल्लसित हो आई थी, शायद उसे लगने लगा था कि घटनाहीन जीवन से वह काफी उकता गई है, और मनीश के साथ एक शाम तो अच्छी तरह बीतेगी।

राधिका जब बाहर आई, मनीश आ चुका था और बड़'दा के बड़े से, फॉर्मल ड्राइंग रूप में बैठा था। उसे देख वह उठ खड़ा हुआ, राधिका मुस्कराती हुई आई और पास खड़ी हो गई।

"कैसे आना हुआ?"

"कुछ काम था," मनीश ने संक्षिप्त में कहा और कुछ देर राधिका को देखता रहा। राधिका ने बेहद फीके पीले रंग की आरगंडी की साड़ी पहन रखी थी। बालों में पीला फूल खोंस रखा था। मनीश की दृष्टि से थोड़ा-सा सकुचाकर उसने कहा, "आओ, चलो बाहर बैठें।" और दोनों जाकर बाहर बैठ गए।

लॉन में सोंधी मिट्टी और तुरत कटी घास की सुगन्ध आई। मनीश का गेहुँआ रंग तपकर कुछ श्याम हो आया था, शायद धूप में कई सप्ताह काम किया हो! इस समय वह बहुत तरीके से, सूट-टाई समेत तैयार होकर आया था।

"तुम्हें मेरा पता कैसे चला?" राधिका ने कुर्सी के सरकंडे पर नाखून धीरे-धीरे पटकते हुए पूछा।

"मैं तुम्हारे फ्लैट में गया था। पता चला कि तुम नहीं हो। नीचेवाले भी कलकत्ते गए हुए थे।"

"कलकत्ते?" राधिका के मुँह से निकला।

"हाँ, अक्षय के पास। देवकी भी गई है। पहाड़ी था, उससे पता चला ऐसे बिना बताए, चुपचाप खिसक आई।"

"बड़'दा माने ही नहीं," राधिका ने मन्द स्वर में कहा, फिर पूछा, "और तुम क्या करते रहे?"

"कुछ लोग राजस्थान, गुजरात में एक पुरानी ट्रेड-रूट पर खुदाई कर रहे हैं—वहीं था।"

तब तक बड़'दा भी बाहर आ गए। परिचय हुआ। बड़'दा ने मनीश को गौर से एक बार देखा, फिर पास बैठ गए। फिर भाभी आईं, और तब वीणा।

"आप लोग भी चलिए," वीणा ने मचलकर कहा, "चलिए न?"

राधिका ने मनीश को देखा, और मनीश ने थोड़ा-सा हँसकर कहा, "अगर आपकी आण्टी चल रही हैं, तो मैं भी चला चलूँगा। बहुत दिन से कोई फिल्म भी नहीं देखी है।"

अपने निराश भाव को छिपाकर राधिका ने स्वीकृति दे दी। तब बड़'दा निश्चिन्त हो कुर्सी की टेक लगाकर बैठ गए और नौकर को बुलाकर पेय लाने को कह दिया, अपने और मनीश के लिए बीयर, राधिका के लिए अनन्नास का रस, भाभी व वीणा के लिए कोकाकोला।

"कारिन कहाँ हैं?" सम्बन्धियों को कोई गलतफहमी न हो जाए, इसलिए उसने पूछा।

"आजकल पाकिस्तान गई हुई है। आनेवाली होगी," मनीश ने कहा।

जब तक शो का समय न हो गया, वे वहीं बैठे रहे। भाभी मनीश से काफी प्रभावित लग रही थीं। राधिका और वीणा को मनीश अपने साथ ले गया। वीणा अगली सीट पर मनीश और राधिका के बीच बैठी थी और उसका उत्फुल्ल चेहरा देखकर राधिका के मन में टीस-सी हुई। वह अपने को बेहद थका पा रही थी।

दूसरे दिन भी मनीश आया सन्ध्या को और भाभी के आग्रह पर भोजन के लिए भी रुका।

तब तीसरे दिन राधिका उसके साथ अकेले जा पाई। वीणा साथ जाने को मचल रही थी, पर बड़'दा ने रोक दिया। फिर भी मनीश भोजन घर पर ही करे, यह तय हुआ। पहले उन्होंने हजरतगंज में कॉफी पी, फिर कुछ देर टहलते रहे। मनीश ने कहा, "मैं बहुत वर्षों बाद लखनऊ आया हूँ।"

"तो कैसा लग रहा है?"

"जैसी तुम्हें दिल्ली लगी थी।"

"फीकी और अँधेरी," राधिका ने कहा और किनारे रुक गई।

बचपन में इमामबाड़े और पुरानी इमारतें बहुत बड़ी, दैत्याकार-सी लगती थीं। पर अब तो पिरामिड तक मुझे निराशाजनक लगे," राधिका ने कुछ देर बाद कहा।

पूरी सड़क पार कर वे दोनों वहाँ आ गए जहाँ मनीश की कार खड़ी थी। मनीश काफी देर तक कार लिए सड़कों पर भटकता रहा, फिर एक

निर्जन स्थान पर कार उसने रोक दी। किसी अनाम फूल की सुगन्ध से भरा एक झोंका आया। दूर शहीद-स्मारक की रोशनी दीख रही थी।

राधिका अपनी जगह चुपचाप बैठी रही।

"मैं तीन दिन से तुमसे बातें करने के लिए एकान्त खोज रहा हूँ।"

"बातें! कैसी?" राधिका ने पूछा।

पास से दो साइकिल सवार निकल गए, खड़ी हुई कार की ओर बार-बार देखते हुए।

"तुम इतनी दूर क्यों बैठी हो?"

तब वह कुछ मनीश की सीट के पास सरक आई। वह जानती थी कि वह चाह रही है कि मनीश उसे बाँहों में ले ले, पर वह यह भी जानती थी कि वह प्रतिवाद अवश्य करेगी, कार का दरवाजा खोलकर उतर जाएगी, अगर वह नहीं मानेगा तो।...पता नहीं रिक्शा कितनी दूर मिलेगा—उसके मन में विचार उठा।

"राधिका, मैंने निश्चय कर लिया है कि मैं अब लौटकर नहीं जाऊँगा।" अँधेरे में मनीश का गम्भीर स्वर सुन राधिका चौंकी, फिर निश्चल हो आई।

"यह तुमने एकाएक निश्चय कैसे कर डाला?" उसने वातावरण को हल्का करने के प्रयत्न में, कुछ हँसकर पूछा।

"एकाएक नहीं, मैंने इस पर काफी सोचा है। अगर मैं कुछ और साल विदेश में रह गया, तो फिर मेरे लिए भारत लौटना असम्भव हो जाएगा, और मैं भारत से बाहर कहीं स्थाई रूप से नहीं रहना चाहता।"

उसका स्वर सुन राधिका ने हल्के-से पूछा, "क्या तुम भारत में रहकर सन्तुष्ट हो सकोगे?"

"शायद प्रारम्भ में नहीं, मगर कोशिश करूँगा।"

राधिका ने आँचल ठीक किया, "तब कारिन?"

"कारिन भारत में नहीं बसना चाहती।...मैं उसके लिए अधिक दिन शोक नहीं मनाऊँगा।" मनीश ने सहज स्वर में कहा।

राधिका की जबान तक कुछ कड़वी बातें आईं, पर वह पी गई। फिर वह मुड़कर अँधेरे में बाहर देखने लगी।

शायद मनीश ने कुछ देर रुककर उसकी प्रतिक्रिया की प्रतीक्षा की, फिर पूछा, "तुम क्या सोचती हो?"

"मैं क्या कहूँ? जो तुम ठीक समझो," फिर कहा, "तुम अगर रुकोगे, तो करोगे क्या?"

"अभी तो इस इंस्टीट्यूट को पैरों पर खड़े होने में कई वर्ष लगेंगे, डायरेक्टर तो नहीं, मगर परामर्शदाता के रूप में तो मैं कुछ समय यहाँ रह ही सकता हूँ।"

राधिका को लग रहा था कि मनीश भूल कर रहा है। कुछ दिनों बाद जब यह उत्साह फीका पड़ जाएगा, तो शायद वह ऊबने लगे। बँधकर रहना उसका स्वभाव नहीं है, वह तो स्वच्छन्द यायावरी प्रकृति का है।

"लगता है कि तुम्हें कुछ विशेष प्रसन्नता नहीं हुई," मनीश ने कहा।

"मेरी प्रसन्नता या अप्रसन्नता से क्या बनता है, मनीश, मैं तुम्हारे जीवन में आती ही कहाँ हूँ," उत्साहहीन कंठ से राधिका ने कहा।

मनीश सीट पर तिरछा होकर बैठ गया, राधिका की ओर देखकर उसने बड़े शान्त स्वर में कहा, "तुम कब तक ऐसा सोचती रहोगी राधिका? कब तक मुझे रिजेक्ट करती रहोगी?"

राधिका ने कुछ कहना चाहा, पर मनीश उसे रोकता हुआ बोला, "न, कुछ मत कहो। मैं चाहता हूँ कि तुम समय लेकर सोचो, राधिका! हम दोनों में एक सख्य-भाव है, हमारे सम्बन्धों में एक सहजता। मैं तुम्हें पूर्णरूप से स्वीकार करूँगा, तुम्हारे मूड्स, तुम्हारी समस्याओं, तुम्हारे विगत सहित?" फिर कुछ ठिठककर, "क्या तुम अक्षय को वचन दे चुकी हो?"

राधिका ने अनायास आहत कंठ से कहा, "नहीं, अक्षय को—बीच में मत घसीटो।"

मनीश के हाथों में उसकी बन्द मुट्ठियाँ थीं, मनीश ने इतने हल्के-से कि सन्नाटा न हो तो सुना भी न जा सके, कहा, "पर अक्षय को तुमने..." और बीच ही में चुप हो गया। राधिका की आँखों में जो आँसू झलक आए वे मनीश ने नहीं देखे। 'अक्षय को मैं सबकुछ दे सकती थी, यदि वह स्वीकार करता' राधिका कहना चाह रही थी, पर वह जानती थी कि वह कभी, किसी से भी यह न कह सकेगी।

मनीश को शायद सन्देह हुआ हो, उसने दाहिना हाथ राधिका की पलकों पर फेरा, आँखें गीली थीं।

"तुम वहाँ नहीं रह सकीं, न तुम्हें यहाँ ही स्वीकारा गया। मैं भी अपने को पृथक, अलग, कटा हुआ पाता हूँ। सोचा, कि हम दोनों इकट्ठे रह सकेंगे—क्योंकि हम एक-दूसरे को बहुत समय से जानते हैं, बहुत सारे सन्दर्भों में...पर यदि तुम।" मनीश का स्वर उदास हो आया।

राधिका ने सिर उठाया, हल्के अन्धकार में मनीश का चेहरा नहीं दीखता। मनीश को कभी उदास नहीं देखा है। हमेशा एक प्रफुल्ल मुखौटे में, बहुत पॉपुलर, एक पार्टीमैन, एक सफल व्यक्ति के रूप में ही। अब उसने राधिका के हाथ छोड़ दिए और स्टीयरिंग ह्वील पर बाईं बाँह टिका, शायद जेब में सिगरेट खोजने लगा।

सिगरेट सुलगाकर कुछ कश लेने के बाद उसने कहा, "एक बात कहता हूँ, मानोगी? मैं इंस्टीट्यूट के कुछ लोगों को लेकर खजुराहो जा रहा हूँ। तुम साथ चलोगी? रहने के लिए जगह का प्रबन्ध हो चुका है, और तुम्हें तकलीफ नहीं होगी। तुम चलोगी तो अच्छा लगेगा, शाम को साथ बैठेंगे, और बातें करेंगे।"

राधिका के मन में एकदम तमाम बातें उमड़ीं—खजुराहो की सुन्दर शामें, एकान्त डाक-बँगला, मनीश—और उसने सिर हिलाते हुए कहा, "शायद सम्भव नहीं हो पाएगा।"

मनीश ने कहा, "तुमसे इसी उत्तर की आशंका थी। पर सोचना, मैं तुम्हारे लिए जगह रखूँगा...।"

फिर मौन छा गया। राधिका ने हाथों से थपथपाकर बाल ठीक किए और कहा, "चलो, खाने पर इन्तजार हो रहा होगा।"

फिर लौटते हुए वह खिड़की के बाहर अँधेरे को देखती रही, बन्द दुकानें, बुझे हुए साइन-बोर्ड, इक्का-दुक्का पानवाले।

मनीश ने भी और कुछ नहीं कहा। लौटकर बड़'दा-भाभी आदि से घिरकर वह फिर वही हो आया था, एक अत्यन्त शिष्ट अतिथि, चार्म से परिपूर्ण, बड़'दा से ड्रिंक स्वीकार कर वह भाभी की ओर उन्मुख हो आया और उनकी बातें सुनता रहा।

राधिका बेहद थक आई थी, भोजन के दौरान नह बिलकुल चुप रही। वार्तालाप केवल मनीश और बड़'दा के बीच सीमित रहा, और फिर भोजन

की समाप्ति के बाद जब मनीश बहुत आभार प्रदर्शित कर और विदा लेकर चलने लगा, तो भाभी ने कहा, "बाहर तक छोड़ आइए न।"

तब राधिका उठी, और बाहर गेट तक साथ-साथ आई।

"तुम्हें बहुत थका दिया," मनीश ने खेदपूर्ण कंठ से कहा, "ऊब भी गईं क्या?"

"नहीं तो," राधिका को अपनी अशिष्टता पर लज्जा आ गई। "फिर कब आओगे?" उसने पूछा।

"अब तो तुम आना," मनीश ने कहकर उसके कन्धों पर हाथ रखने चाहे, तो वह दूर हटती हुई धीरे-से बोली, "दरबान सामने खड़ा है।"

मनीश चला गया।

तो यह प्रतिमा भी खण्डित हो गई, राधिका दहलीज पर खड़ी पापा को ताक रही है। कमरे में झुटपुटा अँधेरा है, पर जिस खिड़की के पास पापा बैठे हैं, उसके पास सन्ध्या का हल्का आलोक, स्टडी में काफी दिनों से बन्द रहनेवाली जगह की सीती और घुटी-सी गन्ध है। पिछले एक सप्ताह से पापा इसी जगह बैठे रहते हैं, और एकटक बाहर देखते रहते हैं। पानी रह-रहकर बरसता है, तारों पर पड़ी एंटिगोनम की लता बरसात में लहलहा उठी है, और साथ ही विद्या के शयनकक्ष के आगे की सावनी भी।

अब ये रंग कितना खटकते हैं, नहीं तो ये फूल बरसाती बादलों की पृष्ठभूमि में कितने प्यारे लगते थे! केवल सन्दर्भ बदल गया है।

पापा ने आँखें उठाकर राधिका को देखा।

"पापा—सूप!"

"आओ, बैठो," वे काउच पर पैर फैलाकर बैठे हैं, राधिका पैताने बैठ गई, पापा ने पैर सिकोड़ लिए।

पापा कुछ देर राधिका को देखते रहते हैं। वह पतले किनारे की सफेद धोती पहने है, बालों को एकत्र कर पीछे जूड़ा बाँधे है और क्लान्त अनुभव कर रही है।

"सूप तैयार है...?" राधिका ने धीरे-से कहा।

"कुछ देर में ले लूँगा।"

राधिका पापा की ओर नहीं देख पाती। पापा के निकट बैठ अब साँस-सी रुकती है, जैसे एक दमघोंटू छटपटाहट ने उसे जकड़ लिया हो। वह उठकर भागना चाहती है, पर निष्क्रिय, निस्पन्द बैठी रहती है।

यह मकान अब कितना खाली और मनहूस लगता है। पहले राधिका चली गई थी, विदेश, फिर पापा गंगापारवाली कोठी में और अब, विद्या!

कोई भी प्रत्यक्ष रूप से विद्या के लिए नहीं रोया था। पापा तक की आँखें सूखी रही थीं। लगता नहीं था कि विद्या अब नहीं है, हर ओर तो उसकी उपस्थिति के चिह्न हैं, दीवारों पर रंग, पर्दे, फॉल्स-सीलिंग, केवल विद्या का शयनकक्ष खाली पड़ा है। पापा संलग्न स्टडी में अपने काउच पर बैठे रहते हैं, रात को कभी उसी पर झपकी ले लेते होंगे। राधिका अपने पैरों की ओर देख रही है। रमा नहीं आ सकी, आसन्न प्रसवा है, कोई और निकट का सम्बन्धी विद्या का नहीं था। खबर की आकस्मिकता से तो भाभी पलँगशायी हो गईं, और पापा एकदम चुप। बाहर का काम बड़'दा सँभाल रहे हैं और अन्दर का सबकुछ आयासहीन भाव से राधिका ने ओढ़ लिया। कुछ वैसी ही स्थिति आ गई जैसी कि विद्या से पहले थी। पर इस बीच कई कटु वर्ष हैं, और विद्या भी थी। अब विद्या नहीं है, पर उन वर्षों की स्मृति है, जो भोगा गया है—वह है, भले ही राधिका के चेहरे और शरीर पर वह अंकित न दीखे।

राधिका पापा के मुख की ओर नहीं देखना चाहती। इन सबके बीच भी वह अपने पर आश्चर्य करती है, कि उसकी भावनाएँ क्या ऐसी कुण्ठित हो गई हैं कि वह भी वेग से, गहराई से, अनुभव नहीं करती?

वह भाभी की तरह दिखावा नहीं कर सकती। रोना-गाना, लम्बी साँसें लेना और पलँग पर ऐसे पड़े रहना जैसे विद्या उनकी बड़ी अपनी थी। शायद पापा को भी इससे वितृष्णा हुई हो, क्योंकि उन्होंने एक बार भी भाभी की तबीयत के बारे में नहीं पूछा।

कमरे में अब अँधेरा खूब भर गया है। दो-एक मच्छर भन्-भन् करने लगे हैं। छत की नाली से बरसाती पानी जहाँ बाहर गिरता है, वहाँ एक नन्हीं-सी तलैया बन गई है, उसमें एक असम धार-सी बूँदें गिर रही हैं।

इस एकान्त में विचार पीछे लौट जाते हैं। उस रात अब वह कितनी अतीत में घटित जान पड़ती है, मनीश को विदा कर वह देर तक न सो सकी। मनीश को उसने अनेक रूपों में जाना है, पर भारत में आकर एक नए व्यक्तित्व का आभास उसमें दीखता है। कौन जाने कि वह भारत में स्थाई रूप में रहकर सुखी हो!

एक गहरी हताशा राधिका के मन पर छा गई थी। मनीश के निकट सान्निध्य से उसका सिर झनझना उठता था, और अब अपनी अपरितृप्त देह पर हजारों चीटियाँ-सी रेंगती मालूम हो रही थीं। उसने कई बार हाथ को झटका दिया। बहुत देर पड़े-पड़े जागने के बाद वह झुँझलाकर उठी ठंडे पानी से मुँह धोया, फिर नींद की एक लाल गोली खाकर लेट गई, सुबह दिन चढ़े तक सोती रही।

जब जागी तो सिरहाने तिपाई पर रखे प्याले की चाय ठंडी हो गई थी, उस पर एक बारीक उबकाई लानेवाली झिल्ली-सी जम आई थी। कई बार कहा कि प्याले में चाय बनाकर न भेजी जाए, वह अपने को घसीटती-सी उठी, नींद की गोली लेगी, अपने को प्रफुल्ल करने के लिए। विदेशी सभ्यता की इन छोटी-छोटी सुविधाओं से वह अभी चिपकी हुई है।

वह ठंडे पानी की फुहार के नीचे देर तक खड़ी रही। फिर स्नानागार के दरवाजे पर थपकियाँ पड़ने लगीं। जरूर मनीश का फोन होगा, नल बन्द कर पूछा, "क्या है?"

"जरा बाहर आना," बड़'दा थे।

राधिका ने शरीर पोंछा, कपड़े पहने, गीले बालों को तौलिया से लपेट वह बाहर निकली।

बड़'दा कमरे में चक्कर लगा रहे थे, उसे देख रुक गए। फिर बिना किसी भूमिका के कह उठे, "डैडी का फोन आया है। विद्या ने नींद की गोलियों का ओवरडोज ले लिया..." तब राधिका स्तब्ध उन्हें ताकती रह गई।

"अस्पताल ले गए हैं।"

तब राधिका बोल पाई, "विद्या ने? क्यों? उन्हें क्या कष्ट था?"

बड़'दा ने एक बड़ी अर्थ-भरी दृष्टि से उसे देखा, पर तुरन्त अपने को सँभाल लिया।

राधिका पलँग की पाटी पर बैठ गई, उसके पैर काँपने लगे थे।

"पापा ने फोन किया? वे तो गंगापार थे न?"

"यह सब मैं कुछ नहीं पूछ पाया। वे बहुत रुक-रुककर, बड़ी धीमी आवाज में बोल रहे थे।"

"हमें जाना चाहिए दादा, पापा अकेले हैं," राधिका ने कहा, और उठकर खड़ी हो गई।

"मैंने ड्राइवर से गाड़ी ठीक करने को कह दिया है," बड़'दा बोले।

राधिका बाल पोंछने लगी। रात उसने भी तो नींद की गोली ली थी, तभी शायद विद्या ने भी ली हो, एक-एक करके, यह जानते हुए कि वह सुबह नहीं देखना चाहती। विद्या को ऐसा क्यों—फिर उसे विद्या का ठंडा, संयत चेहरा याद आया था, क्या विद्या नहीं रहेगी? तब पापा...!

फिर कई घंटों की लम्बी यात्रा। पुराना ड्राइवर सधे हुए हाथों से गाड़ी चला रहा था, सड़क के धक्कों के बीच बड़'दा ऊँघ गए थे। भयाकुल राधिका अपलक बाहर देखे जा रही थी। भाभी साथ नहीं आई थीं, बाद में आएँगी, इसलिए राधिका के विचारों में कोई भी व्याघात नहीं दे रहा था।

तब तक साँझ-सी हो गई थी, पोर्टिको में मद्धिम-सी बत्ती, और साँय-साँय करती हवा, राधिका जाकर बैठक में खड़ी हो गई। पापा ने चौंककर सिर ऊँचा किया और राधिका के पीछे खड़े बड़'दा को देखा, फिर कहा, "तुम लोग आ गए...!"

प्रश्न पूछा न गया। अन्दर ताई थीं, उनका परिवार, कुछ और दूर के सम्बन्धी।

"कितनी समझदार थी वह, न जाने कैसे गलती से ज्यादे गोलियाँ...खा लीं," ताई ने कहा।

राधिका ने उत्तर नहीं दिया।

आँगन में अनार के पेड़ों के साए थे, और हर कोने में अन्धकार जैसे मुँह बाए, लीलने को तैयार। इसी में विद्या लम्बी अवधि से अकेले रहती आई थीं। विद्या को कभी ठीक से जानने की चेष्टा नहीं की, हमेशा पूर्वाग्रह लेकर ग्रस्त रही, और अब तो पापा बड़े निरीह, कातर, दुखी मर्दित-से लग रहे हैं। राधिका उस कमरे में नहीं बैठ पाई। वह भूचाल के बाद नींव तक

हिल गए मकान की तरह अनुभव कर रही है। दरार-खाई दीवारों की तरह...।

और इसी तरह एक सप्ताह बिताया गया। विद्या के पलँग पर असमिया कबर बिछा है, पापा के मन क्या है, कोई नहीं जानता। "पापा, बिजली जला दूँ?"

उसके स्वर से जैसे चौंककर पापा ने कहा, "अगर तुम चाहो तो, नहीं तो नहीं..."

कमरे में एक जुगनू घुस आया है, यहाँ-वहाँ, ऊपर-नीचे चमकता हुआ चक्कर काट रहा है।

"विनय, लोग कल जा रहे हैं?" पापा बड़े औपचारिक स्वर में पूछते हैं।

"कह तो रहे हैं।"

"और तुम?"

राधिका एक लम्बी साँस लेती है। पापा आगे झुककर उसके कन्धे पर हाथ रख देते हैं। उस स्पर्श से राधिका सहसा पिघल उठती है। नथुने हलका-सा फैलते हैं, ओंठ दाँतों से कुचल उठते हैं। वह अपने को संयत करना चाह रही है।

"और आप?"

"मैंने अपने बारे में कुछ सोचा नहीं है। चाहता हूँ, तुम यहाँ रहो राधिका, पहले की तरह।"

राधिका को थोड़ी-सी स्वस्ति है कि अँधेरे में पापा का मुँह नहीं दीखेगा, "नहीं पापा, मैं जाना चाहती हूँ। मनीश...मेरे एक बन्धु..." बात बीच में छोड़ रुक गई।

पापा का हाथ हट गया, शायद वह फिर पीछे कुशन की टेक लगाकर बैठ गए हैं।

शायद वह भी, कमरे में मँडराते जुगनू को एकटक देखने लगे हों।

❑❑❑